ENTREZ
ET
FERMEZ LA PORTE

RAPHAËLE BILLETDOUX

ENTREZ
ET
FERMEZ LA PORTE

roman

BERNARD GRASSET

PARIS

pour Augustin

Il y a les choses que l'on connaît et celles que l'on ignore. Dans l'intervalle, se trouvent les Portes.

William Blake.

1

La salle est vaste, presque vide, à plancher gris. C'est une salle de danse ou de répétition. Le quatrième mur est une verrière qui ouvre sur un chevauchement de toits couverts de neige. Une chaise en bois se trouve au centre. Au fond à gauche, l'air petit dans la salle, il y a un vieux lit à cadre de bois, éloigné de l'angle, surmonté d'un gros édredon bouffant, cramoisi. Deux rampes de projecteurs dirigées sur des panneaux blancs renvoient une lumière que la progression des heures du jour derrière les vitres ne peut entamer. Le bourdonnement des voix du couloir est coupé net, la fille grosse bouche yeux clairs mains nues, la coiffure en queue de chat qui vient de courir, se retourne : la porte s'est refermée derrière elle. L'assistant recule dans l'encoignure.

— C'est lequel, des deux...? Je vais dire bonjour?

Les yeux de l'assistant regardent sans voir.
— Avancez, mademoiselle! Avancez jusqu'au
centre, s'il vous plaît!

Peu de poitrine, longues jambes lancées
devant, elle obéit à la voix. En reflet dans ses
yeux mouvementés, les deux appareils noirs,
posés sur pied, qui la tiennent en joue. Sur le
flanc du premier, seul un point rouge montre
de la vie. Deux jambes d'homme dépassent de
part et d'autre du second appareil, dont l'œilleton rouge vient de s'allumer.

Elle se tient à hauteur de la chaise.
— Qu'est-ce que je fais?
— Essayez de ne rien faire.

La voix est la même que celle qui a donné
l'ordre d'avancer. Elle est sortie de l'homme
qui se trouve assis, de dos, devant une sorte de
petit écran. Il est loin et, de la chaise, la caméra
de droite gêne pour le voir. Elle se retourne,
cherche le soutien de l'assistant demeuré contre
le radiateur, les deux mains en coque sur son
sexe.

> Tu veux faire du cinéma?

Tel un carré d'herbes sous le vent, le visage
se remet en place.

– Oui, j'aimerais bien...
– Pourquoi.
– De toute façon, j'ai pas le choix. Je ne sais rien faire d'autre...
– Qu'en sais-tu, quel âge as-tu?
– Seize ans et demi. Je le sais, c'est tout.

» Paraît qu'y a pas besoin d'être spécialement intelligente pour le faire, alors...
– Comme l'amour.
– Pardon?
– Répète-moi, toi, ce que tu as entendu.
– Euh... vous avez dit " comme l'amour "?
– Oui, c'est ce que j'ai dit. Tu trouves ça juste ou idiot?
– Plutôt idiot ouais, non, j'sais pas?
– Comment te sens-tu?
– Crevée. On attend des heures dans le couloir, on ne sait même pas ce que vous cherchez, ce que vous voulez exactement... Vous pouvez me dire un peu l'histoire du...
– Crie ton nom!
– Pardon?
– ...
– Isabelle Amadoux.
– Ton prénom, ça suffit! Vas-y, gueule!

— Isabelleu!

— Isabelle, écoute bien ce que je te dis : tu vas faire le tour de la salle en courant. Quand tu seras revenue à ton point de départ, tu me crieras très vite, comme si tu étais pressée, quelque chose à propos de tes parents. Ce qui te vient à l'esprit. Vas-y.

Elle s'élance. Elle court bien, souplement, sans conviction, pas vite. Elle arrive, s'immobilise.

— Ma mère est très belleu! Plus que moi! J'ai pas de sœur! J'ai personne! Mon père est parti quand j'avais dix ans, on le voit plus! Ni lui, ni les autres, elle ne veut plus voir les hommes! Elle est chiante pour la poussière, pour le ménage, pour les microbes, mais elle est okay pour que je tourne avec vous! Ça va?!...

— Qu'est-ce qu'elle te disait, quand tu étais enfant, pour te proposer d'aller sur le pot, retrouve cette phrase.

— Qu'est-ce qu'elle me disait?... Euh, elle devait me dire : " Zazou... Zazou, tu veux faire popo? " Voilà, c'est ça, comme tout le monde non, j'sais pas... Pourquoi?

— Maintenant tu es très malheureuse, il fait grand jour, mais tu décides d'aller te coucher pour oublier, dans ce lit qui est derrière toi...

14

Elle se retourne, regarde le lit, s'y rend, présente son derrière vers l'oreiller et se retrouve assise, remonte les deux genoux en même temps sans manquer d'élégance, puis s'enfonce par une traction des jambes.

Elle est enfouie dans l'édredon. Elle ne bouge plus.

L'édredon échoue sur le plancher.

➤ Pourquoi le jettes-tu?

— Il est trop gros.

— Trop gros par rapport à quoi?

— Pardon?... Ben trop gros, trop gros, quoi! Il prend trop de place, on ne voit plus rien!

— Qu'est-ce que tu veux voir?

— Ben, j'sais pas... J'y connais rien, mais... Faut quand même qu'on me voye, non?

— Merci, mademoiselle. Remettez l'édredon en place. Ça ira pour aujourd'hui.

Elle se lève, jette l'édredon sur le lit, va vers l'assistant en se rajustant.

— J'ai fait une connerie, non? Fallait le garder, l'édredon?

2

La candidate est entrée mais, tournée vers le mur comme au vestiaire, elle dépose par terre avec soin sac à main, sac en plastique et manteau plié. L'assistant attend pour reprendre sa place dans le coin.

Elle se redresse, va directement s'asseoir sur la chaise. Avant de s'asseoir, elle a passé une main sous sa jupe. Elle pose les deux mains à plat sur ses cuisses. Elle est mieux d'être installée.

Son regard ne regarde pas. Elle attend droit devant soi. Rien ne se passe. Le ciel est jaune. Il neige un peu. Un craquement vient du parquet. Elle tourne les yeux vers l'extérieur, pas longtemps. Elle revient, sérieuse, bonne élève, prête à tout.

— Bonjour...

Le visage s'éclaire d'un grand sourire.

— Bonjour!

— Vous ai-je dit de vous asseoir?

— Ah, non! En effet! J'avais pensé que...

— Vous ai-je dit de vous lever?

— Ah, mais...? Pas davantage, c'est exact!

Elle reste dans l'attente, à demi courbée, les sourcils levés puis, devant le silence, décide de s'asseoir.

— Je ne sais pas si c'est à présent comme vous le souhaitez mais, dans le doute, comme on dit...

Elle pouffe, remet de l'ordre dans son petit environnement, les plis de la jupe, une poussière sur la manche, la chaîne de la médaille...

— Qu'y a-t-il dans le sac en plastique à l'entrée?

— Là-bas? Oh, c'est sans importance! Ce sont des bottes.

— Des bottes... que vous venez d'acheter?

— Oh non! De vieilles bottes, pour la neige. J'ai dû les mettre pour venir... J'habite la banlieue.

— Et les chaussures que vous avez aux pieds?

— Je les ai apportées.

— Dans le sac en plastique?

— Dans le sac en plastique, précisément.

— Quand vous êtes-vous changée?

— Dans les toilettes, en arrivant... Je vous prie de m'excuser mais quand est-ce que l'audition commence?

— Vous souvenez-vous de ce que disait votre mère pour parler de vos besoins?

— Mes besoins?? Quels besoins?!

— Lorsque votre mère voulait savoir si vous...

— Je n'ai pas de mère.

— Vous avez un nombril.

— Oui, quelle question!

— Alors, vous avez une mère! Morte? Disparue? Remariée? Où est-elle!? Lève-toi et crie la réponse! Crie-la, fort!!

— En cabane! En cabane, là!! Elle est en cabane, ma mère, ça vous va!

— Ton prénom? Fort!!

— Catherine!

— Ton âge!

— Seize ans!

— Qui t'a élevée? Elle?

La fille fait signe que oui.

— Très bien. Alors veux-tu me dire ce qu'elle disait pour savoir si tu étais allée sur le pot. Comment disait-on ça, chez toi?

– Franchement, je ne vois pas en quoi ça vous intéresse! On est vraiment très loin de l'Art et du Cinéma, vous ne trouvez pas?

– Ce sont vos refus qui m'intéressent, mademoiselle. Alors, que disait-elle? Elle demandait : tu as fait...? Tu as fait... "Quoi"?

– "Le gros".

– "Le gros"?

– "Le gros", oui. Ou "le petit" si c'était l'autre, à votre choix!

– Pourquoi veux-tu faire du cinéma?

– Pour qu'on me soigne... Pour qu'on me respecte... Mais ça, c'était avant de vous rencontrer.

– Avec qui vis-tu?

– Mon père et ma grand-mère.

– Qu'est-ce qu'ils ont dit, que tu te présentes ici?

– Ils ont levé les yeux au ciel.

– Qu'est-ce qu'ils vont dire à ton retour?

– "Ce n'est pas encore comme ça que tu sauveras la famille..."

– Qu'est-ce que tu en penses?

– Personne ne sauve personne. Si je me sauve moi, c'est déjà bien.

– Ils peuvent t'empêcher de faire du cinéma?

— Si vous me choisissez et qu'ils se mettent en travers, je les tue.

— Donne-moi une image qui t'émeut, qui te fait pleurer, éventuellement.

— Le geste de mon père quand il freine, pour m'empêcher de passer à travers le pare-brise.

— Tu t'aimes?

— Je m'intéresse.

— Qu'est-ce que c'est pour toi, la galanterie?

— De la farine.

— Je ne comprends pas.

— Il mettait quoi, le loup, pour cacher ses poils... C'était bien de la farine?

— A présent tu es très malheureuse, il est midi, mais tu décides d'aller te coucher dans le lit qui est derrière toi. Vas-y.

Elle y court, se lance la tête la première dans l'édredon comme dans un lac. Se recroqueville, ne bouge plus.

Passent les minutes.

» Bien... Je te remercie et je te dis au revoir. Avant de partir - mais prends ton temps, attends de te sentir prête - tu feras le tour de la salle en courant et près de la porte, juste avant

21

de sortir, tu pourras me dire ce que tu veux, ce que tu as envie de me dire.

Lentement de l'édredon la fille réapparaît. Sans un geste pour le désordre de sa personne, elle se met sur ses jambes. Elle part en courant, le front devant, les poings serrés, continue soudain pour un deuxième tour plus désespéré... Elle est à la porte, agrippe la poignée.
— Ce n'est pas déjà fini, ce n'est pas vrai, on n'a pas travaillé ! Je veux recommencer ! Je veux recommencer ! Tout, vous entendez ? Donnez-moi une possibilité de rattrapage ! Je-demande-une-possibilité-de-rattrapage !!.
Elle ouvre, se jette dehors.

3

La porte cède. Dans un vacarme de voix une petite boule brune en baskets resplendissantes est projetée sur le plancher de la salle... Un bras tire la porte. La candidate se rattrape à mi-chemin et se pose, comme en passant, une main sur la hanche, un air de liberté au menton.

— Salut!

— Salut! Où est mon assistant?

Elle fait mine de regarder un bracelet-montre.

— Ben, y a trente secondes, il était encore entier, mais... Il vient d'être aspiré, là! Elles sont sauvages dans le couloir, vous savez!

— Mon aspirant? Assisté?

— Ah, ah.

Elle porte la main en visière, cligne des yeux.

23

» Et vous-même, où est-ce que vous êtes? Je voudrais quand même pouvoir dire que j'ai vu le génie...
— Je peux quelque chose pour vous?
Elle bascule sur l'autre hanche.
— Euh, pas pour moi, j'en ai peur. Mais pour mes vieux certainement.
— Qu'est-ce qu'il se passe, ils ne veulent pas que tu fasses de cinéma?
— Renverse, tu vas trouver : c'est eux qui m'envoient.
— Pas possible?
— Ils me trouvent pas assez féminine. Ils croient que ça va me changer.
— Et toi?
— Moi? J'veux être prof de ski. Mais mon père : " Quand on a une jolie poitrine comme elle a, bon Dieu, on la montre, bon Dieu! ", c'est ça toute la journée.
— Qu'est-ce que tu vas leur dire en rentrant?
— Ben, qu'j'suis venue, pis... que j't'ai pas plu, par exemple. Pis, qu'c'était pt'ête pas la peine de me faire faire du judo à cinq ans, de l'escrime à huit, de la baratte à dix pour me demander après d'aller roucouler au cinéma.
— Les pauvres...

— Remarque... J'connais pas le sujet de ton film, mais si y avait un rôle un peu dans mon style, qui demanderait un peu d'endurance, tu vois, comme Dustin Hoffman dans " Le marathon " ou même Jean-Marc Barr dans " Le grand Bleu ", ce serait dommage aussi que je te l'aie pas dit... Je ne fais pas de compétition, mais j'me défends et je suis bonne dans pas mal de trucs...

— Ecoute, non, il n'y a rien. Mais je me souviendrai de toi à l'occasion. Dis-moi ton nom.

— Tu vas rire.

— Mais non, voyons.

— Violette. Remarque...Suffira de le changer, elles le font toutes.

— Je te remercie d'être venue.

— Ben, j'suis venue voir, quoi, c'est normal hein?... Oh, c'était pas bien loin, j'ai pris le bus, je n'ai eu qu'à me laisser rouler jusqu'à la porte Saint-Cloud.

Elle traîne. Il semble qu'elle cherche à dire quelque chose.

» Tu vas les voir toutes?

— Je vais essayer, si tu m'en laisses le temps.

— Non, j'te demandais ça parce que la suivante, là, le ticket number four, quand tu l'auras vue à mon avis y aura plus qu'à fermer boutique! Moi j'suis pas assez bien pour elle. Mais pour toi, elle fera des grâces...

— Allez, sauve-toi.

— Tu me rattrapes? Chiche!

L'œil en coin, elle esquisse un petit bond provocant sur le côté, éclate de rire, fronce les sourcils.

> Ok. Assez rigolé. J't'envoie la suivante.

4

Longs cheveux bruns, visage lisse et déterminé, lèvres pâles redessinées au crayon, bassin très large supporté par des jambes extraordinairement minces de même que les avant-bras, la suivante dépose un porte-documents en agneau à ses pieds, s'assied les mains jointes sous le menton.

— Bonjour messieurs. Je me présente. Je suis née le six février 1971 à Casablanca. Je me nomme Anita et... J'ai lu votre annonce demandant une jeune fille capable d'improviser...

La voix est lente, basse, un peu tremblante.

» J'ai beaucoup réfléchi et je pense, si vous voulez, que cela pourrait représenter une expérience très intéressante pour moi en ce moment, même si... Enfin : j'imagine qu'on doit souffrir énormément, mais disons que, au risque de vous surprendre... je suis prête. Je n'ai pas encore eu véritablement l'occasion de voir vos films, mais je suis informée de ce qu'on dit de vous, de vos exigences sur un plateau, de vos méthodes de travail en général... J'ai été particulièrement frappée par cette fatalité paraît-il, probablement très douloureuse pour vous au demeurant, mais tout à fait inhérente je crois aux artistes vrais, qui vous condamne à chaque fois à aimer entre guillemets l'actrice que vous êtes amené à...

— Comment ça, entre guillemets?

— Excusez-moi si je me suis mal exprimée! Je ne pense pas que ce soit légende, au contraire. Encore une fois, c'est un phénomène que je comprends parfaitement... Vraiment, je le ressens de l'intérieur. Ce serait une aberration de s'attendre à sortir intacte des mains d'un créateur! Il faut qu'un créateur vous bouscule!...

— Et vous enc...

— Je vous prie de m'excuser?

— Rien. Continuez.

— Non, je crois, si vous voulez, qu'il faut savoir abandonner beaucoup de choses, beaucoup de préjugés, d'habitudes, plus ou moins dérisoires, c'est vrai, lorsqu'on songe à la durée sur la terre de notre...

— Pouvez-vous vous lever, s'il vous plaît?

Elle se lève, les bras le long du corps.

› A quel animal pensez-vous qu'on puisse vous comparer?

— C'est curieux que vous me posiez cette question. Mon père disait toujours : " A un petit dinosaure ". Je sais que je n'ai pas particulièrement un physique pour le cinéma, toutefois ce que vous demandez à vos actrices habituellement...

— Où est votre père?

— Mon père est poète. C'est un très grand poète. Il est poète, musicien, écrivain, il dessine, il écrit, il écrit tout le temps, ce qu'il fait est vraiment très beau, il est photographe aussi... Si vous voulez, nous sommes déjà artistes dans la famille. Moi-même j'écris aussi, depuis toujours. Des poèmes, des vers, quelques nouvelles... Mais je pense, si vous voulez, qu'avant de se retirer en soi, il faut avoir connu certaines expériences physiques, avoir éprouvé cette matérialité qu'est notre corps...

Elle rejette ses longs cheveux glissants vers l'arrière, gonfle le cou.

> Je n'ai pas beaucoup d'estime, vous l'avez compris, pour cette partie ô combien visible de nous-mêmes... A moins, et c'est là si vous voulez que je vous rejoins, à moins que ce corps puisse servir une intelligence comme la vôtre, qui l'éclaire, qui le façonne... Alors là, par le truchement de l'art, bien sûr, oui...
— J'ai demandé : où est votre père?

Elle se détourne pour vérifier la place de la chaise et s'y assied avec agitation.
— Mais mon père, je vous l'ai dit, est comme vous, un homme de grand talent qui ne...
— Salope.
— Qu'est-ce qui vous prend, Monsieur!!?

Elle a crié, la voix est montée trop vite vers l'aigu.
— Excusez-moi. Je voulais m'assurer que vous n'étiez point sourde. Où-est-votre-père?
— Mon père?

Le visage est figé. Elle semble ne se souvenir de rien. Passent les minutes.

— Nous sommes au cinéma, vous pouvez me dire n'importe quoi, mademoiselle... Du moment que vous répondez à la question : où est votre père? Sinon, le film s'arrête.

– Ah oui...? Nous répétons une scène?

– Le texte est de vous, mademoiselle.

– Je n'avais pas compris... Mais alors, quelle est l'histoire?

Elle se montre bouleversée.

– C'est l'histoire d'une jeune fille dont le père est poète. La jeune fille n'aime pas son corps qu'elle juge encombrant. Elle décide d'aller frapper à la porte d'un autre poète pour lui offrir ce corps que son poète de père, tout poète qu'il est, lui a fait. Mais il faut que la jeune fille réponde à la question : où est le poète qui lui a donné naissance? La jeune fille reste interdite... Nous en sommes là.

– Elle ne répond pas?

– Non.

– Elle ne sait pas?

– C'est le secret. Peut-être qu'elle l'a perdu de vue?

– Peut-être...

– Ou qu'elle ne l'a jamais vu?

– Oui, ou qu'elle l'a rêvé, inventé! Elle est née de lui et elle l'invente à son tour! Ils n'en finissent pas de se créer... C'est très intéressant! A partir de là, on peut tout imaginer!

— N'est-ce pas ? Merci, mademoiselle. On vous recontactera.

— ...

— Mer-ci, mademoiselle.

— Je dois partir ?

— Oui.

5

— C'est à moi. Je peux entrer?

La jupe étroite, l'oreille piquée d'or, elle est blonde, ronde, tout en lumière et en jeunesse, de petites dents comme des dents de lait. Elle se déplace à plat sur des ballerines, sans bruit.

» Faut que je me dépêche, j'ai piscine dans un quart d'heure! Je ne pensais pas que ce serait aussi long... Je me mets là?

— Oui.

Elle se glisse sur la chaise.

— Il est là, le metteur en scène?

— C'est moi. Je t'écoute.

— Vous ne savez pas si il faudra travailler la nuit? C'est un film de nuit, non? Si il faut travailler la nuit, je préfère vous le dire tout de suite, ça ne m'intéresse pas.

— Tu es amoureuse en ce moment?

Elle sourit, se détend.

— Ça se voit tant que ça?

— Depuis combien de temps?

— Deux semaines, dimanche...

— Et lui?

— Lui aussi!

— Tu souffres?

— Oh, vous savez, moi je suis très simple, suffit d'avoir sa philosophie.

— Et c'est quoi, la tienne?

— Les trois B.

— De quoi s'agit-il?

— Vous ne savez pas, vraiment?

— Parole d'honneur.

— Bouffer - Baiser - Bouquiner. C'est connu pourtant.

— Ce n'est pas la philosophie de tes parents, je suppose.

— Oui, ben, y regrettent bien! Ma mère maintenant, elle a quarante-deux ans, elle se retrouve dans une piaule de neuf mètres carrés rien que pour pouvoir baiser! Avec ma petite sœur, on va la voir... Elle est marrante, elle a quatre ans. Elle voit maman les bras ballants, comme ça, entre le lavabo et le plumard à une place, alors Noémie : " Qu'est-ce que tu fais là,

34

manman? Pourquoi tu dors là? Pourquoi tu reviens pas à la maison? "... Vous la verriez! L'autre jour, elle est tombée sur un pull qui avait gardé l'odeur de maman, han! Elle a pleu-ré! Elle le bouffait, elle se roulait dedans... Avec mon père, on ne savait plus par où la prendre. C'est la gardienne qui est costaud qui l'a collée sous la douche. Oh là là la piscine! On en a pour longtemps, vous pensez?

— Si ça ne t'intéresse pas, pourquoi te présentes-tu?

— Ce n'est pas moi, c'est mon copain... Il m'a dit va voir, aujourd'hui, au cinéma, il suffit d'être nature... Non, mais moi ça ne me déplairait pas de jouer la comédie... Ce serait pour faire quoi, exactement? Il ne faudra pas se déshabiller, j'espère! Parce que, si il faut se déshabiller, je vous le dis tout de suite, mon père sera pas d'accord... Le pauvre, déjà sa femme, et après sa fille...

— Et ton copain.

— Mon copain, c'est son rêve. Le soir, il s'endort, il programme ce rêve, voyez. Son plaisir c'est : être réveillé en sursaut et, comme ça en pleine nuit, se dire : elle est nue, cent mille types la désirent et c'est moi son copain. Et il se

35

rendort. Il ne fait qu'une petite erreur, à mon sens, c'est que maintenant, ce qu'il faut, c'est pas être nue, c'est être sapée! Sapée marrant, sapée intelligent... Je lui dis! Je lui dis : ton rêve, c'est un rêve de vieux. Il me dit que j'y connais rien... Le pauvre! Ils me font de la peine, les garçons...

— Tu peux me dire pourquoi.

— Bon, moi par exemple, mes seins : il n'y a pas un moment où je ne sais pas qu'ils sont là... Toute la journée je les sens, ils pèsent lourd, ils sont chauds, c'est un peu une compagnie, non? Un peu comme deux bébés qui seraient toujours dans les bras... Bon, pour ma copine, on en a déjà discuté, c'est pareil. Mais les autres, si vous les interrogez un peu, elles finiront aussi par le reconnaître : à cause de nos seins, nous les filles, on n'est jamais vraiment seules... Vous me direz : eux, ils ont autre chose... Qui les occupe aussi. Mais c'est moins affectueux, non? Moins... On dirait que c'est une gêne, un dérangement pour eux. Toujours ils le touchent, l'air soucieux... Je ne sais pas si c'est que c'est jamais bien mis, ou difficile à s'habituer, ou quoi...

— Quel âge as-tu?

— Dix-sept.

— Qu'est-ce que c'est pour toi, la galanterie?

— La galanterie... Attendez. Ce n'est pas là qu'on mettait des gants, des rubans... des chapeaux hauts de forme? C'est une époque, non? " L'époque de la galanterie... " Une époque vestimentaire, peut-être?... Ou non! Ça y est je sais : c'est un pâté. C'est le pâté très, très fin, là, vous savez... On dit toujours " de la galanterie de... " Oh, j'en sais rien!

— Toi et ton copain, vous dormez ensemble?

— Pour quoi faire... Non, moi j'ai mes habitudes à la maison... C'est comme maman : les soirs où son copain n'est pas là, elle voudrait que je vienne dormir avec elle, moi je dis non! Je n'ai pas mes cassettes, je n'ai pas mes affaires, personne peut m'appeler, je n'ai rien à faire là-bas! Chaque fois, elle essaye de m'attirer, et je te ferai tes devoirs, et on sera bien toutes les deux, et on mangera des marshmallows, c'est gênant...! Noémie, c'est pareil, elle s'y embête! Et comme maman n'a pas de monnaie pour racheter des jouets vu que mon père lui a coupé les vivres...

— Tu prépares un métier?

— Non, j'attends que ma grand-mère meure ooooh, qu'est-ce que je dis!!

37

Elle étouffe de rire sous sa main, rit encore.

» Je vous explique... Ma grand-mère...

Elle repique un fou rire, se reprend.

» Pour la remercier de se marier avec lui mon grand-père, vers 1900, par là, a offert à ma grand-mère un petit immeuble, vers le métro Montmartre, par là, voyez? Et ma grand-mère me l'a promis. Et comme on m'a conseillé de le vendre, qu'il y a trop de frais, que c'est plus possible, si je travaillais en plus ça me ferait trop d'argent, vous comprenez?

— Je crois qu'il est l'heure pour toi, ne te mets pas en retard.

— C'est l'heure, déjà?... Merci.

Elle se lève.

» Euh, s'il vous plaît, je peux savoir si ça a marché? J'aurai la réponse quand?

6

La postulante demeure sur le seuil, dans le bruit, vêtue de flou. Des joues, de longs yeux qui battent, une queue de cheval à la pointe du crâne, une bouche de dormeuse, les pieds lourds chaussés. Elle roule entre ses doigts le coin d'un tissu, peut-être un mouchoir. Elle regarde parfois encore vers le couloir par la porte restée ouverte. Elle se croit seule. Elle est poussée de deux pas en avant par l'assistant qui a besoin de rentrer, qui referme la porte et va rejoindre le radiateur.

Elle l'interroge du regard.

L'assistant baisse les yeux.

Pour la première fois, elle se tourne tout entière vers les caméras.

Elle bat des cils dans le silence. Le visage

est de face. Les deux lèvres posées l'une sur l'autre, elle se laisse voir.

— Je repars...

La voix est voilée, en forme de murmure. Il ne reste qu'un profil en fuite, une épaule haute.

— Quelle heure avez-vous, je vous prie ?

— Qui a parlé...

— Celui que vous êtes venue voir.

— On sait, dehors, qu'on ne vous voit pas. Une fille l'a dit, en sortant.

— Vous partez ?

— Je sens que c'est malsain.

— C'est votre voix ou vous êtes malade ?

— J'ai une bronchite et mes chats n'ont pas mangé.

— Vous êtes là, venez vous asseoir. Il n'y en a pas pour longtemps.

Elle vient, sans engagement.

Sur la chaise, elle se mordille les lèvres.

» Combien de chats avez-vous ?

— Huit en ce moment.

— Qu'en ferez-vous si vous tournez avec moi, vous savez qu'il s'agit du rôle principal...

— Je ne crois pas que je tournerai avec vous.

— Que fais-tu, tu es étudiante ?

— Je fais de l'aquarelle. Le soir je suis modèle.

— Tu poses nue?

Elle hoche la tête, rogne le coin inférieur droit de sa bouche.

» Où sont tes parents?

— Besançon.

— Comment?

— A Be-san-çon!

— Tu peux m'en dire un peu plus ou il faut tout te tirer?

— Qu'est-ce que vous voulez savoir?

— Moi, rien. C'est toi la candidate.

Le mot la remue. Elle est mécontente.

— Moi, je suis pas candidate, moi... Je suis candidate à rien...

Le silence s'installe. Les doigts, les dents, paupières serrées, elle fourbit de tous côtés.

— Qu'est-ce que tu es venue chercher ici?

— Un visage, déjà.

— Pourquoi est-ce que le tien a des boutons, tu les touches?

Elle soupire.

» Quand?

— Le soir.

— A quoi penses-tu pendant ce temps-là?

— A ma tête quand ma mère est rentrée avec

une baguette et le bébé qu'elle venait de faire.

— Tu n'avais pas remarqué qu'elle attendait un bébé?

— Ben, non, je n'avais pas remarqué.

— Quand était-ce?

— Y a pas longtemps.

— Où est-ce que cela se passait?

— A Besançon. Bis.

— Elle a bien dû s'absenter, pour accoucher, non?

— Moi-même je rentrais de fugue.

— Qu'est-ce que tu as dit?

— J'ai refoutu le camp.

— Où ça.

— Paris-Château-Rouge.

— Ils t'ont fait rechercher?

— Même pas.

— Si je te dis que tu es jolie, tu me crois?
Elle souffle de l'air.

➤ Oui ou non?

— Je m'en fous...

— Comment t'appelles-tu?

— Edith.

— Qu'est-ce que c'est que ces pompes que tu portes, Edith?

— Ça me rassure, j'ai le droit?

— C'est moi qui pose les questions. Ça t'arrive d'être aimable?

— Ça vous arrive de pas prendre les gens pour du bétail?

— Voyons... Quatorze heures vingt... Numéro six... En bonne brebis, je crois bien que tu viens de ruminer dans ce couloir pas loin de deux heures, je me trompe?

— ...

— Mais sais-tu que dans le cinéma, c'est déjà du bon travail, ça!? Debout!!

Elle est tassée sur le siège.
Le tissu souffre entre ses doigts.

» Tu crois qu'il suffit de faire la gueule pour avoir l'air d'avoir du caractère, dis?

— ...

— Tu as des photos? Tu as préparé un texte?

— ...

— Même pas une fable de La Fontaine, non? Ah, tu voulais improviser, peut-être? Je t'écoute!

— ...

— Non plus? Tu préfères le mimer?

— ...

— Qu'est-ce que tu es venue faire, Edith? Montrer tes boutons, voyez messieurs comme je souffre, ou essayer de t'en sortir?

— ...

— Eh oui! C'est plus difficile que de se déshabiller mollement derrière un paravent.

— ...

— Tu pensais que c'était moi qui ferais le travail, c'est ça? Tu n'as apporté que ton cul et ta souffrance, hein? Et allez-y, débrouillez-vous!

— ...

— Je sais, je sais, ton cul est énorme et ta souffrance au moins autant.

— ...

— Ah, s'il suffisait de souffrir!

Elle fond en larmes. Le mouchoir est là pour les recueillir.

» De l'eau! C'est de l'eau, ça! Ça ne vaut rien! Tu ne me dis rien, avec ça!

Elle renifle.

— Je ne peux... Je ne le... Je ne sais... le...

— Quoi! Comment! Je ne comprends pas! Lève-toi!

Elle se lève, soudain vive.

— Je sais... je... Un jour... Un jour...!!

Un rugissement termine l'expulsion du trop-plein qui l'étouffe, elle renifle fortement, s'essuie les yeux, relâche de l'air longuement dans le silence récent.

» ... faites chier.

— Bien! C'est bon, ça!

Elle se mouche avec détermination.

— Avec ou sans vous, de toute façon, j'ai un grand destin.

— Tiens! On te l'a dit?

— Non, je le sens. Depuis que je suis toute petite, je le sens. C'est comme ça.

— Et tu es sur la route, à ton avis?

— Je ne crois pas... Pas encore. Mais ça va arriver.

Elle confisque son regard, roulotte l'oreille du mouchoir.

» D'ailleurs, vous aussi, normalement, quand vous étiez petit, vous deviez le sentir... Non?

— Oui. C'est vrai.

— Oui!? Vous le sentiez?

— Je sentais quelque chose, oui.

Dans les épaules, la queue de cheval très agitée oscille de droite et de gauche, Edith ouvre la bouche.

— Ce n'est pas que je veux... être célèbre ou quoi que ce soit, non, c'est que... Je le SERAI. Comme un roi qui sait ce qui l'attend.

— Que fais-tu pour t'y préparer?

Elle cherche.

— Souvent, je respire mon odeur...

— Comment ça?

— Il y a plein d'endroits où on peut sentir son odeur : les genoux, le haut des épaules, les mains, le bout de chaque doigt... Plus je me respire, plus j'ai confiance.

— Tu as déjà fait l'amour, Edith?

— Oui. Plusieurs fois.

— Alors?

— Ce n'est pas par là que ça arrivera.

Un silence se fait.

Edith se frotte l'œil avec le poing. Puis l'autre, puis le nez, comme s'il lui piquait.

» Je peux m'en aller, s'il vous plaît?

— Attends. Dis-moi quelque chose qui t'émeut, qui te touche.

Elle réfléchit.

— Que le chat qui s'est fait mal lèche son mal, avec sa petite figure qu'a pas d'expression... Euh, que les gens du marché, en bas de chez moi, installent leurs étalages dans la nuit avec leurs camions sans faire de bruit, pendant que je dors, voilà, ça m'émeut, je les aime d'avoir fait doucement, d'être là si j'ai besoin quand je me réveille, je me demande si c'est voulu... Euh, quoi encore... Que quelqu'un qui veut bien faire et qui fait de son mieux soit rembarré mochement, ça, ça arrive tout le temps... C'est l'intention qui compte, je trouve, avant le résultat... Je ne sais pas, il y a plein de choses toujours qui font de la peine...

— C'est vrai.

— Je peux y aller?

— Si tu veux... Merci Edith.

Elle s'en va.

7

C'est une grande. Active, bouillante, très
brune, pantalon de cuir noir, veste à basque,
lèvres rouge sang, une grosse pince en rappel
dans la coiffure, un sac de velours sous l'ais-
selle.

— Bonjour... Maître.

Grosse voix grave.

Elle sourit.

» Je ne vous cache pas que j'aime assez cet instant. Ah. Ce siège m'attend, je présume.

Elle traverse la distance de la porte à la
chaise par une chaude applique de ses boots sur
le parquet. Le bruit ne la déroute pas.

Elle saisit la chaise par le dossier, la retourne,
s'y assied en amazone.

Le nez est pâle, hautement busqué. Les yeux
rappellent ceux des enfants du désert, le blanc

brûle, les cils chassent sans cesse une pupille sombre qui volette.

» Vous souhaitez que je regarde l'objectif, ou pas?

— Qu'est-ce que je sens, mademoiselle?

Elle lève le nez, anime ses deux narines, hume à l'entour.

— A vrai dire... Avec ces lampes qui chauffent... Le jeu est excitant, mais...

— Non. Je vous demande quelle est l'odeur que je sens, moi, depuis que vous êtes entrée.

— Ah, moi? Vous? Ah, pardon! Non, c'est mon parfum! Jasmin-Goyave... Il vous incommode beaucoup, ou pas?

— Vous voulez être actrice, mademoiselle.

— Ecoutez. Tout dépend du temps que cela me prendrait. Je déteste perdre mon temps, bien que j'en dispose d'avance par rapport à la majorité des gens puisque figurez-vous que je suis une surdouée. Je savais lire à quatre ans, j'ai passé mon bac à quatorze, je suis déjà à bac + deux et je n'ai encore que seize ans et demi... De surcroît, j'avais des ovaires épouvantables, les trompes bouchées, je faisais infection sur infection, bref, je ne peux plus avoir d'enfant. Résultat des courses : je me trouve à moins de dix-sept ans à la tête d'un capital-temps fantastique. Alors j'adore apprendre, j'adore tout ce qui est nouveau, j'adore le contact humain, mais je m'emmerde vite puisque je vais plus vite que tout le monde... Vous concevez le handicap? Bon. Ce qu'on peut faire... Je préfère que vous ne m'en parliez pas maintenant parce qu'il est hyper-tard, mais je vais lire votre scénario, l'étudier un petit peu au calme et le mieux, c'est que je vous téléphone, et qu'on se revoie, disons...

Elle fouille dans son sac, prend son carnet.
» Vous êtes là demain, ou pas? Je peux vous joindre?
— Pourriez-vous baisser votre pantalon, mademoiselle?
— Ah, pas aujourd'hui, je n'ai qu'un string! Avec le cuir, tout marque, je suis désolée...
— C'est pourtant nécessaire. Il faut que je voie vos jambes.
— Enfin, ne peut-on attendre de voir déjà si... Oh, après tout, je vous aurai prévenu! Je ne vais pas revenir pour ça...

Un des boots saute sur le plancher, puis l'autre, en une seconde elle est pieds nus, cul nu, en veste de ville.

51

Les orteils sont peints aux ongles, ils agrippent le parquet. Les jambes sont hautes, lumineuses, musclées. Le tour du mollet en sa partie la plus renflée paraît égal au tour de la cuisse.

Elle croise les bras.

» J'aimerais savoir. Comment ça se passe... Qu'est-ce que ça fait dans la tête, quand on est, comme ça, metteur en scène de cinéma, qu'on porte un nom célèbre à l'échelle international... Vous vous levez le matin, vous savez déjà que vous allez...

— C'est moi qui interroge, mademoiselle ! Commencez par essayer de vous rappeler, je vous prie, le mot choisi par votre mère pour désigner vos premiers cacas...

La gorge à la renverse, elle éclate d'un rire fort et saccadé.

— Ah, ah, ah, c'est intéressant que vous me posiez cette question ! Je ne me souvenais pas l'avoir évoquée avec votre assistant... Ecoutez. Les Latins l'appelaient le " caput mortuum " et on a longtemps cherché à savoir si la digestion se faisait plutôt par cuisson, maturation, fermentation, dissolution gastrique, chimique... etc. Quoi qu'il en soit, ce qui est effectif, c'est que les aliments séjournent dans notre estomac plusieurs heures à une température de plus de trente degrés Réaumur... Et c'est une fois parvenus dans le duodénum que, par un mécanisme admirable, sous l'action du mélange de différents fluides dont ils s'imprègnent, ils vont commencer à perdre cette couleur grisâtre et acide qu'ils avaient dans le pylore pour, peu à peu, se colorer en jaune à mesure qu'ils vont s'avancer vers...

— Mademoiselle, je...

— Je sais, c'est un peu long, mais on ne peut pas répondre à la légère. La digestion est le phénomène qui a le plus de répercussions sur les états d'âme. Souvent les gens que nous rencontrons sont agréables, ou pas, selon qu'ils ont avec bonheur, ou pas, réussi cette mission... D'un côté, vous avez les jeunes, chez qui la digestion, souvent, est accompagnée d'un léger frisson, et les vieillards chez qui plutôt... elle provoque une... Mais attendez, je vais me rhabiller, je serai plus à l'aise pour...

Elle s'empare du pantalon.

— Restez comme vous êtes!! Le but n'est pas d'être à l'aise!

Elle repose le pantalon, elle tremble un peu.

53

— Il n'y a pas de quoi hurler... Franchement, personne depuis longtemps ne me parle plus sur ce ton! J'ai seize ans, O.K.?

— J'ai demandé un souvenir personnel, pas un cours magistral!

— Alors primo : je remettrai ce pantalon. Et je le remets. Secundo : je n'ai aucun embarras à vous répondre : pour le liquide, ma mère disait Number one, et pour le solide Number two. Tertio...

Elle est très en colère. Elle se bat avec les jambes du pantalon.

» Tertio : savez-vous ce qu'écrivit Brillat-Savarin au bas du portrait de Monsieur Henrion de Pensey?

— Non. Mais je sens que vous allez me le dire.

— " Dans ses doctes travaux il fut infatigable;
      " Il eut de grands emplois qu'il remplit
                                            dignement;
      " Et quoi qu'il fût profond, érudit et
                                            savant,
      " Il ne se crut jamais dispensé d'être
                                            aimable. "

— Bon. Allez. Vous m'emmerdez. Foutez le camp! Allez, ouste, dehors! Dehors!!

— Avec joie.

8

Celle-ci approche, un cartable au bout du bras, en hochant une dégringolade de boucles rousses, l'air entendu. C'est un elfe d'automne sur fond de ciel clair, d'où monte une petite fumée.

— Jette ton mégot, s'il te plaît.

Elle stoppe en chemin, avise par en dessous.

Aussi dansante est la tête, aussi raide est la bande de jean délavé qui encercle les deux cuisses et termine avec peine un principe de tailleur.

— Bon. C'est le mégot ou moi.

Le son de la voix, de piètre portée, est enfantin et haut. Les genoux légèrement tournés vers l'intérieur, elle pivote vers l'assistant, surveille la droite et la gauche, tient son monde en respect.

» A Bichat, ils me l'ont chanté pendant deux mois, ils y sont pas arrivés, alors... Ça ne va pas recommencer. Je m'appelle Barbara et je fume, c'est comme ça. Sinon je me casse.

— Barbara, c'est le nom que t'ont donné tes parents?

— Non. Ils m'ont appelée Simone, mais les garçons disaient Si bonne, alors j'ai changé.

— Avance, Barbara, remonte jusqu'à la chaise, s'il te plaît. Il y a une croix blanche, par terre, tu la vois?

— Oui, d'accord, j'y vais.

— Qu'est-ce que tu faisais, à Bichat?

Elle tire sur le reste de cigarette, l'écrase sous son talon, pose le cartable à ses pieds, accroche ses mains au dossier, souffle un long trait de fumée.

— C'est ma mère qui m'a faite enfermer. Because je me masturbais au-dessus du vide.

» Soi-disant qu'il fallait que je réfléchisse.

— Et tu as réfléchi?

— Sous calmant, tu réfléchis le vide, ça, c'est sûr...

— Il y a combien de temps que tu en es sortie?

— Pfff, j'en suis pas sortie, ça revient toujours, c'est comme la faim...

56

— Non, de l'hôpital.

— Ah, il y a... presque deux semaines.

— Où est-ce que tu fais ça?

— On n'a pas de fenêtre dans la chambre, c'est... On passe une jambe, on se baisse et on est dehors... C'est un balcon-terrasse, si vous préférez. Je monte là, sur la balustrade.

— Qu'est-ce qu'il y a en dessous?

— Ben le onzième... Ah, en dessous? En dessous, c'est un terrain vague... Il y a quelques chats sauvages... Le docteur me l'a déjà demandé tout ça, je suis venue pour mon avenir.

— Attends, on y vient. Mets-toi de profil. Tourne un peu la tête... Le menton parallèle à l'épaule, voilà. Tu ne peux pas le faire ailleurs qu'au-dessus du vide?

— Ah non. Il me faut la nuit, il me faut le ciel, il me faut tout ça! Et puis y a ma chemise de nuit, que j'adore... On dirait une robe. En plus, si je commence à pleurer tout fort, ça s'envole dans l'air comme quand j'étais bébé, après j'ai trop chaud, alors après j'ai des frissons, et puis je fais des vœux, par exemple un nuage passe devant la lune, il faut, par exemple je ne sais pas moi, qu'avant que la lune ressorte, que par exemple j'aie bien, bien visualisé la gueule du type qui est pas d'accord pour m'opérer, je lui envoie des ondes positives pour...

— De quelle opération s'agit-il?

— J'ai de trop gros seins. Je les veux plus petits.

— Montre.

Elle écarte les pans du blouson, les regarde elle-même, relève le menton.

— Je sais qu'au cinéma, ça paye, mais...

— C'est très beau. Le type a raison de refuser.

— Vous savez ce qu'elle dit, maman? Que j'ai pas le droit, que le Seigneur les a déjà promis à quelqu'un!... De toute façon, ma mère, je lui parle plus. Elle me parle, je passe devant elle, je réponds pas.

— Et ton père?

— Mon père? C'est simple : ma mère serait l'araignée, lui, il serait la mouche. Voilà, c'est tout. Lui, c'est fichu, il est marié avec elle. Moi pas.

— Où est-elle lorsque tu vas sur la balustrade?

— Peut-être qu'elle dort, peut-être qu'elle attend derrière la porte que j'aie fini. Elle peut faire ce qu'elle veut, je m'en fous...

➤ C'est possible qu'elle prie le Seigneur.
— Elle sait que tu continues?
— Elle sait que si elle vient, je saute.
— Si tu pleures, elle peut entendre?
— Bien sûr. Si je ris même.
— Qui l'a prévenue, au début?
— Mon frère. C'est un cafteur. On couche dans la même chambre, y me voit y aller.
— Tu veux vraiment tomber?
— C'est ce qu'elle croit... Moi, je ne crois pas, c'est mon seul moment de bonheur, alors...
— Tu pleures beaucoup?
— Assez, oui.
— Pour quelles raisons, efforce-toi de les mettre à plat.
— Pfff, il n'y a pas besoin de raisons, c'est très dur, c'est tout. Les gens sont nuls. Ce qu'ils disent, autant écouter le vent. Je cherche. Il n'y a personne, personne qui m'intéresse... Je suis très déçue. En plus, faut vraiment être con pour pas savoir de quoi elle sera faite, la vie... Bon, je sais, un jour il y aura l'amour, mais... Ça m'étonnerait. C'est possible, hein, mais je vous dis, ça m'étonnerait que je l'ai pas déjà intuitionné comme le reste.
— Qu'est-ce que c'est pour toi, la galanterie?
— La galanterie? C'est avoir envie, autrement dit!

— Tu veux faire du cinéma, Barbara.

Elle agite la main.

— J'appréhende un peu, quand même... Je me suis déjà tellement fait avoir!

— Quel était le mode de punition chez toi : gifles, fessées, privations?

— Oh, ce n'est pas la peine de mettre le subjonctif, elles tombent encore hein, les claques...

— Sais-tu rire?

— Ah bon parce que... Il faudra rire?

— Sais-tu chanter?

— Je chante faux malheureusement. Enfin, c'est ma mère qui le dit.

— Tu as raison, nous allons vérifier. Tu connais une chanson, tu peux la fredonner?

Elle se racle la gorge, lève les yeux vers les toits par-delà les projecteurs, recueille sa bouche en rond :

— Trois an-ges sont ve-nus ce soir
M'apporter de bien bel-les cho-o-ses!
L'un d'eux a-vait un encensoir
L'autre a-vait un cha-peau-de ro-o-ses!
Et le troisième a-avait en main
U-ne ro-be toute fleuri-e
De per-les d'or et-et de jas-min
Comme en a Madame Mari-e...!

» Bon, c'est vrai que depuis le temps qu'on me fait taire, je ne sais plus tellement chanter. Mais je sais parler aux chevaux, par contre! Aux ânes aussi, bon, pas aux oiseaux parce que les oiseaux c'est très technique, mais... Je sais faire approcher une oie, par exemple! Je sais faire chanter un chien... Qu'est-ce que je sais, encore? Il faut que vous me disiez, vous, ce que vous voulez, je sais peut-être faire des choses, aussi, que je ne sais pas que je sais faire...

— Tu as une idée de ce qu'est le travail d'une actrice?

Elle pose la main sur sa poitrine.

— J'espère qu'une actrice... Enfin, pour moi. Je dis bien, pour moi, Barbara, hein? Une actrice, pour moi, ce serait une personne qui s'est quittée! Qui s'est quittée, soi! Soi-même!

Elle tape sa poitrine.

» Ah, j'espère vraiment que c'est ça, de tout mon cœur!

— Y a-t-il quelque chose que tu aimes en toi?

Elle plisse le front, cherche du côté du plafond.

— Ma naïveté, malgré tout...

— Merci Barbara. C'était ma dernière question.

— Ah, j'ai oublié mes jambes! Je suis assez

contente de mes jambes... Pardonnez-moi,
est-ce que... Est-ce que je peux vous en poser
une, aussi?

— Dépêche-toi.

— Quand on est choisie, et qu'on est mineure,
les parents viennent?

— Pas de parents. Jamais de parents.

9

Une tête passe dans l'entrebâillement de la porte.
— C'est ton tour? Eh bien, entre!
Cheveux châtains, ras dans la nuque, longs dans les yeux. Rose à lèvres lumineux, cardigan mauve sur pull-over à col roulé vert pâle. S'enroulent en marche, autour des cuisses et des bottes, les plis mouvants d'une jupe ourlée à mi-mollet. Elle se range derrière la chaise, s'y tient comme à la barre.
— On m'a chargée de vous dire : " Jean-François est à la Production jusqu'à seize heures. "
D'une oreille, un triangle d'étain en balancement perpétuel détache d'intempestifs éclats.
— Merci. Présente-toi tout de suite : ton nom, ton âge, ton occupation.

– Sandrine. Dix-huit ans, mais on me dit que j'en fais quatorze. Euh... Bachelière repentie.

– Sandrine, il y a un polochon là-bas sur le lit. Il est la personne à laquelle tu as le plus envie, ou besoin, de parler. Vous allez vous installer tous les deux et nous oublier. Vous êtes seuls, vous pouvez tout vous dire... Prends le temps nécessaire, laisse venir ce qui doit venir. C'est moi qui te couperai. Vas-y.

En signe d'acquiescement, elle n'a cessé d'émettre des bruits de gorge mécaniques.

Elle fonce vers le lit, lève le polochon, d'un revers au ventre le plie en deux contre le flanc du sommier et se laisse glisser par terre à ses côtés, un coude en appui sur le bord du matelas.

– Ça va? Tu as remarqué qu'on entendait de nouveaux oiseaux aujourd'hui...? Il y en a un petit, chaque année au mois de février, même quand il neige, il est là... C'est le premier de tous...! Attends, je vais te dire. Vers... cinq heures. Cinq, six heures. C'est une heure vachement triste, il fait déjà noir, il est tout seul dans le square, mais qu'est-ce qu'il est gai! Il fait un peu comme ça : tu tu tu, ti...! tu tu tu, ti...! Quoi? T'as entendu plus gai? Ouais, remarque... Qu'est-ce que je pouvais pleurer, hier au soir, en l'écoutant... Oh rien, je m'étais juste encore énervée contre mon père. Je ne peux pas poser une petite cuillère sur la table, à tous les coups, il va la prendre, il va la retourner! Avec le pain, pareil... Tu savais, toi, qu'une baguette avait un sens, c'est dingue?! Et ça fait du mal à qui, que le pain, il soye à l'envers? "A çui qui l'a fait", il me répond, "ça fait du mal à çui qui l'a fait..." Mais si moi ça me fait rêver, que le pain, il soye de travers? Mais non, le pain il doit être comme ça, le couteau comme ça, les ciseaux pour les ongles, ils doivent être dans la trousse de la salle de bain, le savon dans sa niche, le tournevis au water, le scotch et la ficelle dans le tiroir de la cuisine, la radio pas sur F.M, sur R.T.L., les allumettes dans le bol, sa pipe sur le vaisselier (le martèlement des mots, de plus en plus violent fait gicler des larmes, la fille n'en a cure, elle crie) la balayette sous l'évier, la brosse à chaussures dans le placard aux chaussures, le réveil dans l'entrée, le mètre dans la boîte à couture, mes doigts sur la table, la clef des lettres sur le clou, le temps il peut passer, le vent il peut tourner, la terre elle peut trembler, il peut naître des veaux à cinq pattes et des enfants leucémiques, les gens ils peuvent crever, les peuples se soulever, les autres commettre toutes les obscénités, dans cet appart', tous les matins, tous les soirs, jusqu'à ce que nous aussi on soye bien droits, bien parallèles, il faudra que le pain il soye à l'endroit, les ciseaux pour les ongles dans la trousse, le tournevis au water, la radio sur RTL... Excusez-moi! Excusez-moi!

Elle se lève et part en courant un bras sur la tête, vers la porte en sanglotant.

10

— Ton nom.

— Julie.

Elle tremble.

— Ton âge.

— Seize ans.

— Date de naissance?

— Douze, douze, soixante-douze.

— Ça ne fait pas le compte, ça.

— Oui, bon... A peu près.

— Ton emploi du temps?

— Je fais du théâtre à Bagnolet. Le mardi midi je pointe à l'ANPE... Autrement... Autrement, je traîne.

— Depuis quand, le théâtre?

— Six mois...

— Ça va, tu es récupérable. Julie, le polochon que tu vois par terre, là-bas, c'est une personne de ta vie, je ne sais pas laquelle, mais tu peux tout lui dire. Oublie le théâtre, oublie le cinéma, oublie que tu es ici, laisse monter le besoin que tu as de lui parler... Vas-y.

Un long hennissement de peur s'élève, lèvres closes. Les yeux d'un bleu suédois s'agrandissent à mesure.

» Qu'y a-t-il?

— Elles l'ont fait, les autres?

— Bien sûr.

Elle tourne et retourne la tête, les petits cheveux blonds en une volée de baguettes se sont ouverts et refermés, ils bougent encore sous la dénégation.

— Je l'ai vu, votre polochon. Je pourrai pas.

— Regarde-le encore... Il ne te rappelle pas quelqu'un?

— Je pourrai pas, je pourrai pas. Je pourrai pas, je pourrai pas.

Les paumes de ses mains descendent le long de ses hanches comme pour s'essuyer.

Elle recule.

— Il faut pourtant que tu y parviennes, ou il est inutile d'être venue... Essaye.

— Je m'excuse... Je ne suis pas bien en ce moment... J'ai... Je ne suis pas en bonne santé...

— Ta ta ta.

— Ce n'est pas du tout ce que j'ai préparé...
Je... Je vous assure, je refuse!

— Il ne fallait surtout rien préparer. L'annonce
le précisait assez.

— Oui, mais moi, je ne suis pas spontanée, pas
du tout. C'est mon défaut, justement. Alors
avec ma mère, on a préparé " Le Cid " et un
bout de " Oh les beaux jours " pour que vous
ayez deux registres différents, mais c'est tout.
C'est tout... Pour l'instant, c'est tout. Vous
pouvez pas me demander ça, vous pouvez pas.

— Moi? Je peux tout te demander. Même
d'enlever ta culotte. C'est toi qui ne peux pas
faire ce qu'on te demande. Enlève ta culotte.

— C'est une blague...

— Tu ne l'as pas préparée avec ta mère, celle-
là? Dommage.

— Je vous comprends, Monsieur! Je comprends
le but! Je sais que pour affronter un public, il
faut savoir baisser sa culotte, la prof à Bagnolet
elle nous le redit à chaque fois ça, mais là, là,
tout de suite, vous n'avez pas réellement besoin
que je la baisse, si?

— Si.

— Non, puisque tout à l'heure, vous vouliez

seulement que je parle au polochon, c'est parce que vous voulez me provoquer que...

— C'est parce que ta culotte ou le polochon, c'est pareil. Maintenant il te reste trois minutes pour te décider ou sortir. C'est fini pour toi.

— Je choisis le polochon.

— Vas-y.

Lentement, elle tourne les talons. Le parquet craque. Le silence est là. Elle est seule. Elle tire les os de ses doigts. Sa mère l'attend à la sortie. Les rivales s'échauffent dans le couloir. Dans quatre minutes l'une d'elles sera à sa place. Le parquet craque encore. Elle va et vient autour du polochon. Les mains sur les hanches, elle donne des coups de menton à son adresse, mais pas un son n'accompagne cette apparente harangue. Elle s'arrête, porte une main à son front, la reporte sur la hanche, repart, hoche désespérément le menton.

— " Tu... Pourquoi tu m'as pas rappelée, hein ? Pourquoi... ? "

La main vole vers le front.

» Oh ça y est, j'ai raté ! Oh, c'est pas possible, j'y arrive pas ! Qu'est-ce que je peux y dire ?... Oh tant pis, je choisis la culotte !

— Reste avec lui ! Reste avec lui ! Il ne t'a pas

rappelée? Pourquoi est-ce qu'il ne t'a pas rappelée, ce con? Cours, dépêche-toi, fais le tour de la salle, allez, vite! Rattrape-le! Tu as le temps de lui flanquer deux claques!

Elle s'élance, court en silence, le regard fixe. Parvenue devant le polochon, elle l'attrape par une extrémité, le frappe de part et d'autre. — " Hein! Dis donc! Hein! Tiens! Voilà! Voilà pour ce que tu m'as fait... " Oh, c'est mauvais... C'est mauvais, je le sens!

Dans la position d'un paysan sur sa bêche, la bouche ouverte, elle se tient le front.

— Viens t'asseoir.

Le polochon s'effondre. Elle regagne la chaise.

— Je me bloque... Je me bloque au départ et moi, quand je me bloque...

Elle s'assied.

— Qui est celui qui ne t'a pas rappelée, c'est un garçon?

— Oui.

— Tu n'as pas voulu coucher avec lui?

— Non, non, j'ai couché avec lui, je l'aime.

— C'était la première fois?

— Avec lui, oui.

– Combien de jours sont passés?

– Onze.

– Onze jours pendant lesquels vous ne vous êtes pas retéléphoné?

– Non. Seulement hier soir, je voulais lui dire que j'allais vous voir et j'ai appelé. Il était à table avec ses parents. Alors je lui dis : " Pourquoi tu m'as pas rappelée? Pourquoi avant, tu m'appelais, tu m'appelais, tout le temps tu m'appelais et maintenant que tu m'as eue, tu m'appelles plus? Pourquoi? Hein? Qu'est-ce que j'ai fait pour que tu m'appelles plus? J'ai fait ce que tu as voulu... Alors? Dis-le? Pourquoi tu m'appelles plus? Hein, pourquoi? Pourquoi tu m'appelles plus? Pourquoi? "

Ses yeux se sont emplis de larmes.

– Tu lui as vraiment dit tout ça, c'est bien!

Les larmes roulent. Elle enfonce le bout de ses doigts dans ses joues, qui les écrasent une par une et les rapportent à sa bouche.

– Pas exactement... Mais c'était le sens.

– Alors dis-moi exactement ce que tu as dit.

– " Allô, c'est Julie... "

– Après?

– Bon ben, c'était fini, il avait compris.

– Bon, mais t'a-t-il parlé?

— Lui, il pense que ce n'est pas normal... Je n'ai pas eu la réaction normale que j'aurais dû.
— Qu'est-ce que tu as eu comme réaction?
— C'est venu comme une espèce de grand cri, un très très très grand cri, que personne aurait pu dire de qui ou quoi pouvait sortir un cri pareil, même pas moi alors...
— Je ne vois rien là d'anormal.
— Si, un peu... Parce qu'avec les autres, on a tout fait, j'ai pas crié, j'ai pas pleuré, j'ai rien dit du tout. Avec Patrick, on n'a rien fait et j'ai chialé.
— Il le savait, ça?
— Je regrette qu'il ait pas pensé à me le demander. Ça lui aurait peut-être évité de me dire " Tu devrais essayer avec un autre, pour voir. "

Elle se pince violemment le nez. Renifle à fond.
» De toute façon, ce n'est pas le premier truc qui m'énerve chez lui... Qu'est-ce qu'il m'a sorti, l'autre jour? Ah oui : " Tu as lu Somerset Maûme? " " Oh sûrement, je fais, tu peux m'épeler? " Ecoutez, je ne vous mens pas, c'était M.A.U.G.H.A.M.

73

— Bien. Merci Julie. Merci d'être venue.

— D'accord, mais s'il vous plaît, vous pourriez pas me dire ce qui m'est arrivé, pourquoi j'ai pleuré?

— Quand? Avec lui ou avec moi?

— Avec lui.

— Mon boulot s'arrête ici, Julie. Je regrette.

— Bon, oui mais rapidement...! Vous êtes plus vieux que moi, vous avez connu un tas de femmes, je vous en supplie, je suis tellement mal, pourquoi est-ce que tout le monde fait comme si j'avais eu la peste... Vous êtes le seul à pouvoir me dire...

— Je te dis c'est fini, Julie. Maintenant tu t'en vas. Va-t'en.

— Qu'est-ce qu'il s'est passé, elle a craqué, la fille avant-avant moi?

— Oui, parce que je ne lui ai pas donné le rôle.

— Ah. La pauvre...

» Mais qu'est-ce qu'elle avait, par exemple, qui n'allait pas?

— Je vais te le dire : elle était prétentieuse, butée et fiancée.

— Ouiche..., évidemment.

» Et l'autre?

— Laquelle?

— Celle qui vient juste de sortir.

— Elle pleurait, en sortant?

— Elle, non, elle ne pleurait pas... Mais elle n'avait pas l'air bien.

— Voilà : elle, c'est pour cette raison. Elle n'était pas bien dans sa tête.
— Ah.

» Mais sinon, qui est-ce qui décide, c'est vous?
— Pas seulement... C'est moi, et c'est l'autre aussi, qui est venue jusqu'à moi...
— Ah. C'est la Chance alors. Il faut de la chance en quelque sorte.

» Mais sinon, qu'est-ce qu'il faut, à peu près, pour avoir le rôle?
— Tout dépend. Toi, en général, tu es plutôt triste ou plutôt gaie?
— Moi... ni gaie, ni triste... Entre les deux.
— Tu es sereine.
— Voilà, je suis sereine... Sinon, pour le rôle, il est nécessaire d'avoir de la poitrine par exemple, ou ce n'est pas la peine?
— Tu en as, toi?
— Vous me filmez, là?
— Depuis le début, oui.
— Mais dans l'histoire, jusqu'où... Jusqu'où on la voit, à peu près?
— Jusqu'où peux-tu la montrer, la tienne?
— C'est selon.

— Pour moi aussi, c'est selon.

— Mais on a le temps de parler, dans ces cas-là?

— Que veux-tu dire?

— On a le temps de dire ce qu'on ne veut pas?

— Oui, si on le dit à l'avance.

— Ouiche..., évidemment.

» Moi, je peux... Mais comme sur la plage.

— Sur la plage, tu la montres?

— Sur la plage, ouiche. Autrement, non.

— " Autrement "... C'est-à-dire?

— Je ne la montre pas à la lumière électrique. Il faut que ce soit l'été en quelque sorte...

— Ce sera l'été.

— Bon.

» Mais moi, je suis du Nord : je ne sais pas du tout nager.

— Il ne sera pas nécessaire de savoir nager.

— Ah, merci.

» En fait, on n'ira pas dans l'eau, en fait.

— Non.

— Mais ça se passe au bord de l'eau, quand même.

— Non, pas du tout.
— ...

Elle est minée par le souci. Les deux sourcils sont en zigzags.

— Quel est ton problème?

— Non, parce que moi, du point de vue des filles, je suis mal faite mais, du point de vue des hommes, je suis bien faite.

— Et alors...?

— Alors, en fait, je suis bien mieux nue qu'habillée... Mais moi, comme je vous ai dit, je ne me mets sans rien que si c'est naturel... Et vous dites qu'il n'y a pas d'eau.

— Tu n'es pas si mal, habillée.

— Je n'aime pas la mode des caleçons et des chaussures plates, ça fait torero, je trouve.

— Quel rapport?

— Non, je vous dis ça comme ça.

» Parce que, de près, je peux faire grande... Mais en pied, très vite, je fais tassée.

» En fait, c'est pareil, je présente mieux allongée que debout... Mais pour votre film, bien sûr, il faut tout... Non?

La contradiction ne vient pas. Livrée à elle-même dans le silence, elle lisse et torture son sourcil gauche, deux sillons entre les yeux. D'autres questions, en quantité, se posent à elle, qu'elle ne transmet pas... Soudain, la main retombe.

» Sinon, quand on tourne un film, à midi, ils mangent tous ensemble, les gens?

— Qu'est-ce qui t'inquiète?

— Non, parce que moi, je mange que des pommes.

— Depuis quand?

— Depuis mes quatorze ans à peu près... Maintenant j'en ai seize, mais j'en mange beaucoup, attention! Je peux en manger trois, quatre kilos par jour quelquefois...

— Que dit ta maman?

— Elle se désole.

— On t'a fait voir un médecin?

— Ouiche... C'est elle qu'on soigne.

— Qu'a dit le médecin, exactement?

— Il a dit qu'il fallait attendre que le temps passe et m'acheter toutes les pommes que je voulais.

— Il vous a pris combien pour ça?

— Six cents, je crois...

— Et elle a payé?

— Elle lui a rajouté l'histoire de la cuvette, oui.

— Il faut que je dise : " Qu'est-ce que c'est, l'histoire de la cuvette " ?

— Non, il faut rien. Je n'ai rien dit.

— Alors c'est maintenant que je vais te poser autant de questions qu'il le faudra.

— Non, non... En plus que je suis venue pour faire la vedette! Vous avez vu où on est, là? Non, je ne parle pas de ça!

— Sait-on, chez toi, que tu veux faire du cinéma?

— Je fais ce que je veux.

» A la maison, ce que je fais, je ferme la porte de ma chambre et je retire la poignée.

— Tu as un petit ami, Corinne?

— Je ne m'appelle pas Corinne.

— Excuse-moi. Comment t'appelles-tu?

— Romaine.

— Il faut que je redise : " Tu as un petit ami, Romaine " ? Eh bien, pour me faire pardonner, voilà, je le redis : " Tu as un... "

— Ce n'est pas la peine, je ne répondrai pas.

— Qu'est-ce qui te gêne?

— D'abord que vous avez dit au début que la fille qui n'avait pas eu le rôle avait un fiancé...

— J'ai surtout dit qu'elle était butée, tu t'en souviens? Qu'est-ce que c'est, l'histoire de la cuvette?

Elle soupire.

— Je ne veux pas me mettre avec la cuvette et le savon par terre comme elle m'a montré qu'une femme devait faire.

— Ce n'est pas grave, si tu prends des douches.

— On n'a pas de douche. Mon père a emporté le tuyau.

— Quand?

— Il y a deux ans... Toutes les fois qu'on en a racheté un, il est revenu le couper avec son couteau. C'est une histoire avec elle, je crois, il est jaloux, elle m'a dit.

— Bon, mais qu'est-ce que ça peut te faire de te laver dans la cuvette, c'est aussi bien.

— Ça me fait mal dans la gorge.

» Voyez, déjà, là, rien que d'en parler, ça me serre...

Elle attrape la peau de sa gorge, la secoue.

» Comme quand elle me dit qu'il faudra que je

81

pense à gagner de quoi, ça me fait le même effet.

— A quel endroit, montre-moi.

La tête part à la renverse.

Les éclats d'un scandale dans le couloir la remettent droite, une voix d'homme, d'autres voix, du mouvement, on approche, la porte va taper jusqu'au mur et revient dans un gémissement, le visage rougi par les pleurs s'avance sur le seuil Violette poussée dans la nuque par un petit type maigre, broussailleux, en pardessus gris, l'annonce du journal à la main.

— Ma fille ne vous convient pas, monsieur? Qu'est-ce qu'elle a, qui ne vous convient pas?

— Vous interrompez une séance de travail, monsieur. Merci de le comprendre.

— C'est une plaisanterie? Comment est-ce qu'on travaille ici!! Ma fille s'est déplacée, elle a attendu la matinée, on l'a renvoyée sans explication... Vous avez demandé...

Il tend l'imprimé à bout de bras vers le sol.

» "Entre un mètre soixante et un mètre soixante et dix..."

Il redresse la tête.

» Ma fille que voici mesure un mètre soixante et deux. Vous avez demandé...

Il plonge.

» " Entre seize et dix-neuf ans ", ma fille...

— Je vous demande, monsieur, de vous retirer !

— Elle n'est pas bien proportionnée, peut-être ?

Ecartant brusquement les pans du blouson pour dégager le buste de sa fille, d'une petite main vive en plateau il y relève le sein le plus proche, le pince au nez, le lâche et le rattrape avec solennité en répétant, indigné " alors quoi... alors quoi... ? ". Juste au-dessus, Violette dans les larmes cherche sa respiration, les jambes écartées, les bras le long du corps.

L'opérateur surgit de derrière la caméra numéro deux, va prendre le type par le coude.

Il lui dit quelques mots en a parte, lui fait faire demi-tour, les entraîne tous deux vers la porte.

Ils sortent.

L'opérateur referme la porte.

Il revient prendre place sur le tabouret, derrière la caméra numéro deux.

— C'est vous que je viens de voir ?

— Non, ce n'était pas moi. Merci Romaine, nous avions fini. Tu peux partir.

— Vous me prenez, non?

— Je ne décide rien pour l'instant. Rentre chez toi, on t'y appellera dans la semaine.

— Mais les autres, elles savent, les autres!

— Personne ne sait rien, même pas moi. Laisse-nous maintenant.

— Mais qu'est-ce que je dis, sinon... Si on me demande?

— Dis que tu ne m'as pas vu. Ce sera la vérité.

12

— Bonsoir, ôtez votre manteau et asseyez-vous.

— Je vais le faire mais... Il n'est pas là, le garçon qui s'appelle Jean-François?

— Non, il n'est pas là.

— Ah...

Elle paraît ennuyée. Elle tourne les yeux vers la porte.

» Il m'avait dit qu'il serait là...

— A moi aussi.

— A quelle heure revient-il? Si cela ne faisait pas trop tard, je pourrais peut-être permuter avec la fille qui...

— De quoi s'agit-il, mademoiselle? Vous venez pour l'audition ou pour voir Jean-François?

— Pour l'audition oui... Oui, mais je ne sais pas si Jean-François vous a prévenu. Il devait être là... Virginie? Non? Vous ne vous souvenez pas, il ne vous a rien dit à propos d'une Virginie?

— Ecoutez, vous me le direz vous-même. Otez ce manteau, je vous en prie et commençons.

— Il y a un bébé.

— Pardon?

— Il y a un bébé.

— Où?

— Là.

Elle ouvre les rabats du manteau. D'une étoffe rouge allant de l'épaule à la hanche opposée saille un minuscule colis en croissant de lune.

— Il est né ou il n'est pas né?

— Il est né, ça y est. Mais il est très fatigué par sa naissance.

Elle laisse tomber le manteau derrière elle, détache une ou deux bretelles mystérieuses, s'assied lourdement.

» Jean-François m'avait dit qu'étant donné votre personnalité, ce ne serait pas un critère de...

— Non, non bien sûr, mais...

— Il faut que je travaille. Ma voisine s'en occupera.

— Et son papa?

— Il est fragile. Je ne veux pas le bousculer.

— Quel âge a t-il?

— Trois semaines.

— Mes compliments, et son... " fils " ?

— Trente-huit, je crois...

— N'êtes-vous pas un peu fatiguée, vous-même?

— Oh non, moi ça va.

Elle redresse les reins, oscille sur son séant et se montre prête à faire face.

Un éternuement la désarçonne, les mains fiévreuses en éventail autour du ventre, elle se lèche les lèvres vivement à plusieurs reprises.

» Nous avions un peu froid dans le couloir... C'est le contraste...

— En quoi est-il tellement fragile, ce jeune père?

Elle prend une longue inspiration, mais se ferme.

» C'est difficile?

Elle fait signe que oui.

» Il est là, pas là, un peu là, là sans être là?

Elle baisse les paupières, écarte l'ourlé du tissu entre deux doigts, relève les paupières. Les traits sont fixes. Elle n'essaye pas de répondre.

» Il n'en voulait pas?

Le micro enregistre comme trois notes d'eau.

» Vous ne souhaitez pas en parler, n'est-ce pas?

— Le petit nous entend.

— Le petit nous entend?! Bigre...

Elle remue sur la chaise.

— Est-ce que vous pourriez m'entretenir de... du personnage de...

— Le personnage? Mais c'est vous, mademoiselle ou madame, je m'en fous, ça m'est égal, c'est pareil! Il ne dépendait que de vous, qu'il existât, le personnage! Malheureusement, si nous sommes censurés... Je regrette... Je regrette beaucoup...

— Je ne vois pas ce que ma vie privée va...

— Nous y voilà!

— Non, mais je ne vois pas pourquoi, tout de suite, comme ça, il faudrait que je...

— Rentrez chez vous. Le cinéma n'a nul besoin de vous.

— Peut-être! Peut-être, mais moi j'en ai besoin, du cinéma! Et je sais qu'il y a une place pour moi...! Je jouais avant d'avoir Balthazar, je suis comédienne, j'ai suivi la troupe de...

— Je me fiche de la comédienne.
— Mais qu'est-ce qu'il vous faut, à la fin?!
— Tous tes secrets.
— O.K. Et qu'est-ce qui me prouve que j'aurai le rôle? Je vous dis tous mes secrets, et après, moi, qu'est-ce qu'il me reste?
— La suite.

Elle est assommée.

— On me l'avait dit... On me l'avait dit que vous étiez comme ça, mais je ne voulais pas croire que c'était à ce point.
— C'est-à-dire...?
— Il ne doit y avoir que les grands mystiques finalement pour ressembler à leurs œuvres. Chez les autres, les génies, les artistes, tout ça, de plus en plus dans la vie courante, on découvre des sexuels, la plupart du temps... Des sexuels matérialistes... C'est la grosse déception.

Rires.

» Vous riez de moi.
— Tu peux me rappeler ton âge?
— Dix-huit.
— Et ton nom, tu l'as dit?
— Virginie... J'ai une de ces envies de pleurer!
— Je t'en prie, Virginie, je serais profondément touché par cette marque d'abandon.

— Non... Non, c'est Balthazar qui en souffrirait.

— Décidément.

— Mais ne vous vexez pas, merde, c'est un bébé! Pas un rival : un bébé! C'est qu'un bébé! Un bébé! Un bébé...!

— Calme-toi.

Elle serre les paupières, renifle à sec un grand coup.

— Nous allons vous laisser, je crois.

— Voyez-vous, mademoiselle, Jean-François qui n'est pas mon assistant pour rien avait bien vu. Vous aviez un atout sur les autres, un seul qui pouvait m'intéresser... Mais vous ne le jouez pas jusqu'au bout.

— Quel atout?

— Vous savez que le rouge n'est pas bon pour les bébés, pourquoi l'avoir mis dans du rouge si ce n'était pour m'aguicher?

— Moi, je vous aguiche avec du rouge??

— Ne faites pas l'innocente. Au lieu d'en mettre ce matin sur vos lèvres, vous en avez mis sur votre ventre et c'est bien normal, puisqu'il y a là ce que vous possédez actuellement de plus cher...

— Il n'y a absolument rien de...

— J'y suis tout à fait sensible, croyez-le bien, seulement, à part cet effort de couleur, je m'interroge sur ce que vous avez à m'offrir d'un peu concret... d'un peu plus excitant pour le cinéaste que je suis. J'ai peu de temps, je suis pressé, tout ceci coûte quelques sous, et si vous persistez à nier le désir qui vous a poussée jusqu'à moi, qu'aurai-je demain soir à présenter à mes impatients producteurs : une sorte de chose couverte jusqu'au cou, bardée d'un gosse à deux oreilles, qui quoique passablement dif-forme se dit actrice, mais ne consent à sortir ni une jambe, ni un sein, ni une larme, pas même le début d'une confidence ou un...

— Oh là là, ça y est.

— Que se passe-t-il?

— Mon lait... Je pisse le lait partout...

— Faites boire le petit.

— Ça ne vous ennuie pas?

— Pas du tout.

Levée, assise, relevée, elle cherche on ne sait quoi sous elle et autour d'elle, bientôt environ-née de cris minuscules. De sa main libre en même temps, elle tente de retenir le déborde-ment.

91

— C'est bien pas avant l'été, le film?

— Non, non, pas avant.

Elle tombe assise. Ses doigts fourragent sur son devant, dans des nœuds, des plis et des boutons...

— Il va se taire, il va se taire tout de suite, dès que j'aurai trouvé la... le...

Elle se lève, le sein dans la main, se tourne, se retourne.

— Défaites-vous, il n'y a que ça!

— Je sais, oui... Je cherche son nana...

— Dans une poche peut-être...

Les cris continus tournent aux convulsions de rage. Elle en retombe assise.

Ses yeux se lèvent grands :

— Vous pouvez " arrêter " quelques instants?

— Fais ton travail, tu veux, et laisse-moi faire le mien.

Elle baisse les cils, baisse le front, abaisse le bonnet de sa gorge, y laisse la main. Au fond du décolleté sanguinaire se bousculent les bruits de la consolation, éclate le caquètement de baisers ratés répétés, les trois derniers crèvent encore dans l'effort, surgit le silence.

Elle ressort la main.

» Qu'est-ce que c'est " son nana " ?
— Son kiki, son doudou...
— Ah, son tété !
— Vous disiez " le tété " ?
— Je viens de me le rappeler.
— Vous le téticz ?
— Non, je le roulais.
— Moi, je n'en avais pas.
— Mais... pour le soir ?
— Je prenais le bord de mon pyjama.
— Et quoi ?
— Je le frottais, du bout du doigt...
— J'ai vu un chauffeur de taxi faire ça, un jour.
Mais lui, c'était avec le bord de son oreille, tout
le temps, très doucement...
— Moi, j'en arrivais à trouer le coton...
— Lui, son oreille, on voyait au travers.
— On voudrait leur dire " il ne faut pas vous
faire tant de souci... "
— Exact.

La tête basse, elle regarde ce qui, sur elle, se
passe.

93

Les cheveux viennent couvrir la figure. Sous le rideau de cheveux, les deux épaules vibrent.

» Tu pleures?
– La vie paaaaasse...!!
– Mais non elle ne passe pas, idiote.
– Je suis enterrée vivaaante... Hier soir j'ai mis ma chemise de nuiiiit... ma chemise de nuit à six heueueuures...!!
– Je vais te parler, Virginie, mais balaye-moi ces cheveux... Si tu es une comédienne, nom de Dieu, regarde la caméra... Tu m'entends?!! Re-gar-de cette foutue ca-mé-ra!!

Repliée en boule autour de son petit, elle hurle à la mort sous ses cheveux.

– Coupe, Michel.

13

— Je suis prêt. A toi. Dis-moi ton nom.
— Honorine.
— Ton âge.
— Seize ans passés.
— Ton occupation.
— ...
— Eh bien ?
— Ben, jusqu'à présent, j'avais rendez-vous avec vous, mais... quand on aura fini, je ne sais pas... Je n'y ai pas pensé encore.
— Tu vas au lycée, tu fais des études ?
— On se demande si on ne va pas m'en dispenser.
— Pourquoi, tu ne suis pas ?
— De moins en moins.
— Qu'est-ce qu'il se passe selon toi ?
— J'ai constamment comme un voile de som-

meil devant les yeux... Je suis là et... et je suis pas là.

— Ah...? Et ça te rend malheureuse?

— Je ne suis pas malheureuse. Seulement je préfère pas être là, que là.

— Comment l'expliques-tu?

— On m'a dérangée avant l'heure.

— Comment ça?

— Avec le doigt.

— Avec le doigt!?

— Oui. Pour que je naisse avant le week-end. Depuis, j'ai tout le temps envie de dormir.

— Qui t'a raconté ça, ta mère?

— J'ai l'impression que c'est moi qui m'en souviens.

— Tu es amoureuse en ce moment?

— Non, non, je fais bien attention.

— Non, je te parle d'amour.

— Je sais, j'ai compris, mais je suis guérie.

— Tu as été très amoureuse?

— Oh oui.

— Quelqu'un qui t'a fait du mal?

— Oh oui. Mais c'est fini.

— Ça a duré longtemps?

96

— Oh oui.

— C'était quand même quelqu'un de bien?

— On ne peut pas savoir...

Elle a baissé la voix.

— En tout cas, il n'était pas beau.

— Pas beau, physiquement?

Elle baisse le nez.

— C'est peut-être à cause des ombres...

— Quelles ombres, de quoi parles-tu, parle plus fort...

— Il avait une lampe de poche... Il appelait ça " notre messe "...

— Ta gueule, ça ne me regarde pas!!

» Tu penses travailler, avoir un métier?

Les yeux sont longs à revenir droits.

— Je ne sais pas... J'aimerais bien être une star, pour qu'on me dise toujours ce qu'il faut que je dise, ou que je fasse, ou que je mange...

— Ce n'est pas la vie d'une star, ça, c'est une vie de bébé.

— Oui, j'hésite... Bébé, c'est bien aussi.

— Tu penses vraiment avoir le choix?

— On peut toujours être le bébé à quelqu'un, non? C'est pas dur de prendre dans les bras.

Les yeux refoutent le camp.

» De toute façon, star ou bébé, y en a pour longtemps pour aucun des deux... Moi, je sais déjà le paragraphe que je veux qu'on déchiffre sur ma tombe, je vous le dis?

— Je t'écoute.

— " Elle est passée nous voir. Ça l'a pas intéressée. Oubliez-la... " Non. " Ellestpasséenousvoir çal' apasintéressée, oublions-la, comme elle nous a oubliés ". Bon, mais la dernière phrase, je l'enlèverais si j'avais eu le temps d'être une star... A ce moment-là, je mettrais : " Ellestpasséenousvoirçal'apasintéressée "... Non, mince. " Elle est passée nous voir, ça l'A intéressée. Point. Mais... il y avait trop de lumière, elle est pas restée " ! Quelque chose dans ce genre.

Elle sourit.

» J'ai corrigé parce que si je dis " ça ne l'a pas intéressée ", vous allez croire aussi que le cinéma ne m'intéresse pas... Je me présente à vous, quand même.

— D'où te viennent des pensées aussi lugubres?

Elle baisse les yeux.

— Les petites, souvent, elles meurent, après.

— Qui, meurt?

— Les petites qui ont fait du cinéma...

Elle écoute, tire le cou, la tête tourne comme chez l'oiseau, rien ne rejoint son oreille.

Elle s'efforce d'attendre encore.

Le trouble la domine.
» S'il vous plaît...?
— ...
— Qu'est-ce qui se passe?

Le regard ne tient plus la direction, il erre sans retenue.
» Pourquoi est-ce qu'on ne parle plus?
— ...

Elle se lève.
— C'est fini? C'est comme ça que ça se finit?

La voix s'est altérée.
— ...
— Il y a un problème technique, non?
— ...

Le front bourrelé, elle s'abat sur le siège.
— On disait quoi, juste avant?... Je vous ai blessé? J'ai dit quelque chose qui... Non, quand même! Un pape du cinéma n'est pas blessé par une ado...

Elle soupire, paume et menton s'épousent, ses pupilles plusieurs fois basculent vers l'intérieur et reviennent. Elles se fixent dans le vague.

» Si, par hasard, c'était de la ruse pour m'observer, ce serait le moment, bien sûr, d'être un peu brillante, un peu intelligente... Malheureusement, je le suis pas du tout...

» Je m'imbibe... Je m'imbibe de ce que je vois, de ce que j'entends, mais je ne rends rien, c'est comme ça... Ou alors, je vais vous faire une poussée de fièvre, un truc larvé...

» Premièrement, je suis pas intelligente. Deuxièmement, j'ai pas de jugement. Je sais pas ce que c'est, ce qu'il faut faire pour en avoir... Troisièmement... Troisièmement, j'ai pas de sens moral, j'ai jamais compris ce que c'était. Quatrièmement, j'ai pas de goût. Ça, je n'ai aucun goût. Je ne peux pas dire si j'aime, si j'aime pas, je sais pas. C'est très difficile pour moi de faire un choix...

» Je suis essentiellement visuelle, finalement...

Au fond, chez moi, tout se voit. Y a rien derrière. Il faut vraiment, mais alors vraiment, que je fasse attention maintenant que je me connais. Parce que...

Elle lâche son menton, avale sa salive, s'agite un peu.

» ... si on veut, on peut me prendre. Si quelqu'un sait ce qu'il veut, et que ce qu'il veut, c'est moi, même un con il m'a tout entière... Ça maintenant, grâce à mes parents, je l'ai bien, bien compris. C'est qu'on me veuille, qui m'éblouit!

— Qu'est-ce que ça veut dire, " con "?

— ...?

— Je te demande ce que c'est qu'un con, tu le sais?

Elle se mord le poing.

— Vous n'allez vraiment pas bien, alors...?

— Tu viens de l'employer, dis-moi ce que ça veut dire!

— Vous le savez bien.

— Dis-le-moi.

Les commissures de ses lèvres tirent vers le bas, elle est désespérée.

— Un con, c'est... C'est un con, y a pas d'autre mot!

— Non. Un con, c'est ton sexe.

— C'est pas possible...? Oh, là, là, c'est pas possible...?!

Le vent d'un soupir soulève les petits cheveux de son front, elle se tient le cœur.

» Mais je préfère ça, quand même! Vous m'avez fait peur. Mon grand-père a eu comme ça un vaisseau qui a éclaté dans la tête, il s'est mis à dire des bizarreries brusquement, comme vous... Et il est mort.

— Aurevoir Honorine.

— Aurevoir Monsieur.

14

Il y a des rires, du relâchement, la vie reprend le dessus, c'est le commencement du mépris. La porte de la salle sur elle-même, comme d'une maison à l'abandon, remue. Jean-François n'est pas revenu. De ce jour encore c'est la fin. Le grand vitrage est noir, une corneille donne de la voix au-dessus des toits couverts de neige, repartent dans l'obscurité les autobus et les jeunes filles.

Au fond le lit mal éclairé est entré dans la pénombre, l'édredon n'est que bosses. Les projecteurs éblouissent la chaise. La chaise est vide. Le brouhaha des êtres humains s'éloigne. En bas retombe le battant de la porte cochère. Un air glacé vient du couloir. Elle apparaît, un imperméable blanc les manches flottantes en équilibre sur les épaules.

— Allez, allez, entrez! On est en retard!

Elle ferme la clenche avec douceur, fait quelques pas.

» Combien en reste-t-il, dehors?

— Je suis la dernière.

— Venez.

Elle franchit la distance comme en dansant, se pose au bord de la chaise, la lumière embrase le désordre de ses cheveux, l'ombre s'enfonce en profondeur au creux des seins.

A l'endroit du cœur, les mailles du jersey de soie frissonnent.

» Vous venez d'arriver?

— Il y a plus d'une heure que je suis là.

— Vous avez froid?

— Il ne fait pas froid, merci.

Elle croise les chevilles, les range sous la chaise.

Les deux genoux brillent.

— J'ai quarante-sept ans. Trouvez-vous que je suis vieux?

La succession d'états intérieurs de toutes sortes la transfigure à l'infini... A demi aveugles sous les sunlights, les yeux roulent sous le flot de sentiments compliqués, soudain les traits se rassemblent.

— J'attends les autres questions.

— J'ai laissé derrière moi, il y a quelques années, une petite fille qui doit avoir votre âge aujourd'hui... Si vous étiez elle, que penseriez-vous de moi?

Elle demeure à respirer dans la solitude avec ampleur. Les doigts repliés jusqu'au sang gardent en paume l'extrémité de ses manches qui, comme à un religieux, lui bordent les phalanges.

Elle a un mouvement d'épaules.

— Que voulez-vous que je vous dise?

— Ce qui vous vient, spontanément.

— Il ne me vient rien... Que des banalités.

— Connaissez-vous mes films?

— Oui, justement.

— Tous?

— Je ne connais pas ceux de la période américaine. Il n'y a pas longtemps, j'ai réussi à voir " La Jeune fille et le Pigeon " à la cinémathèque, mais...

— Il y a quelqu'un qui vous attend, ce soir?

— Oui, mon chien, dans la voiture.

— Dans ce monde, personne d'autre ne vous attend, qu'un chien?

— ...

— Seriez-vous très choquée si je vous demandais de rester cette nuit avec moi?

— Choquée... Je ne suis pas choquée, mais je
suis un peu étonnée, oui. Tout cela me paraît
un peu... On dirait que vous cherchez à abîmer
les choses, dès à présent...

— C'est exact. J'ai envie d'un whisky.

Elle est sur une chaise au centre d'un monde
de lumière, circonscrite par l'ombre où, là-bas,
craque le plancher. Rentrée en soi, point de
convergence de tous les champs de vision, elle
observe à l'entour.

— C'est normal, c'est comme ça, la rencontre,
ou c'est parce que j'arrive à la fin?

— Tes consœurs m'ont tué.

— Vos questions étaient toutes aussi difficiles?

— Tu y as répondu, pour ta part.

— Non.

— J'estime que si.

— Non. Par exemple : je suis bien persuadée
que quelqu'un m'attend dans ce monde.
Cependant je ne l'ai pas dit.

— Et ta maman?

— Ma maman?

— Oui, ta maman.

— Ma maman aussi m'attend. Mais pas dans ce monde. Et la vôtre?

— La mienne m'attend encore dans ce monde.

— Vous la visitez souvent?

— Pas le temps.

— Que fait-elle de ses journées?

— Je vous l'ai dit. Elle m'attend. La nuit essentiellement. Elle sait que la nuit, il y a une chance.

— Où est-elle?

— Dans une maison.

— Cela vous pèse?

— Ça me porte. Les choses me retiennent parce qu'elle m'attend. Du moment où elle cessera, ces mêmes choses, au même moment... Mais qu'est-ce que vous avez là, ce sont des bas ou des collants, pour briller autant?

Elle a un sourire.

— Cette petite fille... Qu'est-ce qui vous empêche de lui faire signe?

— Elle dort.

— Maintenant?

107

— A l'heure où je peux lui faire signe.

— Elle est en Amérique?

— En Italie. Mais sa mère m'interdit de la réveiller.

— Il n'y a pas un moment dans la journée où vous pourriez...

— C'est la nuit que j'ai envie de lui parler. Le jour, je ne sais pas quoi lui dire.

— Et elle?

— Elle, c'est tout le temps qu'elle me parle. Elle me l'a dit.

— Mais vous l'entendez?

— Non.

— Elle croit que oui?

— Elle croit en moi.

— Moi, je crois que les pensées n'arrivent pas.

— Ma fille aura la preuve du contraire.

— Quand?

— Un jour.

— C'est tard...

» Vous ne retournez jamais en Italie?

— Si. Per guardarla dormire.

— Comment est-elle?

— Elle a une grosse natte. Elle sent le savon. Elle tressaille aux coups de cloche de Santa Croce...

» Elle est très blanche... C'est la lumière du

couloir, je pense... Ou bien parce qu'elle dort...
— J'allais vous dire les enfants, la nuit, à certains moments n'ont plus de sang... Mais elle a mon âge, maintenant, non?
— Avant le jour, il y a une odeur de farine, de farine chaude qui monte de la rue par les persiennes de sa chambre. Hiver comme été, sa fenêtre est entr'ouverte... Les oiseaux sont assourdissants, à cette heure, dans Florence... Elle a des paupières un peu... un peu du xve siècle. Lorsque je la...
Un bip sonore retentit.
Dans l'atmosphère une tension se relâche, l'œilleton rouge a cessé de clignoter, la présence de l'opérateur se fait entendre.
— Vous m'excuserez, Monsieur. Il est plus de six heures déjà. Le temps de plier... Il y aura du monde sur l'autoroute, ce soir.

Les projecteurs s'éteignent.
Arrive une pénombre jaunasse sous le maigre éclat des plafonniers. La flamme d'un briquet, l'espace d'un instant, délivre la senteur d'une cigarette. L'homme va de côté et d'autre, il commence à tirer sur les câbles.

» Qu'est-ce qui est prévu pour le matériel, Monsieur?

— Combien a-t-on consommé?

— Quatre mille deux cents mètres.

— Il reste un magasin, alors.

— Oui, un.

— Charge-le.

— Je ne fais pas d'heure sup...

— J'ai compris. Charge-le et va-t'en.

— Je ne remballe pas, donc?

— Vous avez encore un moment, mademoiselle, n'est-ce pas?

— Ecoutez, un petit moment, oui... Mais j'aimerais avoir la possibilité auparavant d'aller voir mon chien quelques minutes...

— Allez-y. Et revenez.

15

Le bruit des pas qui s'enchaînent dans les
marches de bois va tournant, montant, courant.
Il progresse le long du couloir, ralentit, s'inter-
rompt quand elle s'encadre, le souffle haut,
dans l'ouverture de la porte.
— Il n'y a personne?
— Je suis là.
— Les plombs ont sauté?
— Je repose mes yeux un moment.
— Vous ne voulez pas que j'allume?
— Cela vous ennuie?
— ...
— N'ayez pas peur, venez vous asseoir. Avec
cette neige, le ciel est étonnamment clair...
Regardez là-bas, derrière le toit, on dirait
même du bleu.
— Du bleu de cinéma.

— Un bleu aussi faux, oui! C'est très juste...
Un faux bleu...

Le silence retombe. S'élargit en cercles de conscience jusqu'à la sonorité de la ville.

Dans l'ombre présente, au plus secret de l'inanimé, le plus infime mouvement se perçoit.

Elle laisse aller l'épaule et la tête contre le montant de l'encadrement.

— Convenez que la situation est un peu délicate pour moi...

— Et pour moi, donc!

— J'ai entendu que vous faisiez préparer de quoi filmer...?

— On ne sait pas ce qui va sortir de vous. Pas plus que de moi, d'ailleurs.

— Votre intention est de me faire travailler?

— Mon intention est de bavarder avec vous, très simplement.

— Pourquoi moi?

— Vous êtes libre d'interrompre cette séance à tout moment.

— Mais nous allons rester comme ça, dans le noir?

— Si vous le permettez.
— Comment se fait-il que vous n'ayez pas besoin de me voir pendant que je parle?
— J'ai vu l'essentiel.

» Comment va votre chien?
— Il a commencé à manger un fauteuil.
— Vous êtes mécontente?
— Pas du tout. Elle est à lui, cette voiture. Je la lui ai donnée dès le premier jour!
— Cela ne fait toujours que peu de temps.
— Qui vous dit que...?
— Votre jeunesse.

» Il a pu faire son pipi?
— Oui, oui.
— Très bien.

Un soupir s'échappe.
Les mains dans les poches de son imperméable, en appui contre le chambranle, elle s'assure mieux sur ses pieds.
» La chaise ne vous tente pas.
— J'attends un peu.

113

Elle pivote soudain autour du montant, dos au mur se laisse descendre sur les talons. Le sol atteint, elle allonge les jambes.

Rires.

» Pourquoi riez-vous, Monsieur?

— Fermez la porte, au moins.

Elle bascule sur la cuisse droite, tend le bras et lance la porte, qui claque.

» Dites-moi pourquoi vous restez là-bas.

— Rien ne justifie plus que je doive être assise sur la chaise!

— Qu'est-ce qui vous déplaît dans cette chaise?

— Le fait qu'elle soit au milieu.

— Vous pouviez la prendre et la porter dans un coin.

Elle marque un temps.

— Ça n'était pas très naturel...

— Pourquoi voulez-vous faire naturel?

— Je ne veux pas spécialement faire naturel. Je fais comme je sens, c'est tout.

— Sentez-vous que la situation présente est naturelle?

— Pour vous, elle semble l'être... Pour moi, bien sûr, je me demande un peu par quel privilège...?

— Vous en avez bien une petite idée.

— ...

— Qu'est-ce qui vous met le plus mal à l'aise, l'aspect comédienne-metteur en scène, ou l'aspect féminin-masculin?

— Euh... comment... Là, ou...? En général?

— Dans le couple que nous formons.

— Dans le...! Pour être tout à fait franche, il y en a un qui englobe les deux et qui prime sur le reste...

— Lequel?

— Le noir. J'ai peur du noir.

— Sérieusement?

— Sérieusement.

— Vous avez eu des ennuis dans le noir?

— Oui. J'ai cru qu'il y avait un chasseur dans ma chambre. Mais au lieu de me dire " Mais non, tu rêves, rendors-toi ", on m'a dit " Oh oui, il me tend ton chausson! "

— Qui ça, " on " ?

— Ma sœur.

— Vous avez une sœur?

— Mon rêve vous fait moins d'effet que ma sœur...

— Je vous en prie.

115

— Pardonnez-moi, j'ai été vulgaire.

— Mais non.

— C'est que... Ce soir, pour moi, vous êtes un peu comme ce chasseur... Si encore, avant, j'avais pu vous voir... Je pourrais régler mes réponses, ou mon comportement... Moi, c'est sur votre nom, sur votre réputation que je suis là. Et je pense, un peu bêtement peut-être, que votre réputation me protège, mais... C'est vrai, personne ne vous a vu finalement... Ne vous fâchez pas, mais... Qui me dit que vous n'êtes pas un imposteur?

— Je suis un imposteur.

» Mais cela n'a pas d'importance, mademoiselle. Je voudrais que vous vous pénétriez bien de l'idée que je-ne-compte-pas. Ici, ce soir, avec vous, je-ne-compte-pas. Je-n'en-tre-pas-en-compte. Vous n'avez pas à me prendre en compte. Entendez-vous bien ce que je veux vous dire? Nous ne sommes ni dans un café, ni chez des gens, ni dans une relation convenue. C'est moi qui m'intéresse à vous. L'inverse n'est pas vrai. L'inverse est une faute de goût. L'inverse ne peut pas être. Un objet éclairé ne se soucie pas de la source de son éclairement. Vous n'avez pas à vous intéresser à moi. Vous n'avez pas, quoi qu'il arrive, à me montrer d'intérêt.

— Tout à l'heure, pourtant...

— Faiblesse.

— Quels sont mes droits?

— Prenez le temps de faire le vide.

— Oui mais, quels sont mes droits?

— Avec vous, je ne veux pas de convention. Pas de routine. Pas de phrases apprises.

— Et pourquoi pas de lumière?

— Je ne veux pas de réalité. La réalité enferme.

— Et si quelqu'un vient pour faire le ménage?

— Nous verrons.

16

— Et si je vous avais dit que, ce soir, quelqu'un m'attendait, un ami, des parents...

— Restez concentrée. Ne vous dispersez pas.

— Je veux bien mais... Je ne comprends pas ce que nous faisons.

— Nous nous taisions... Vous preniez, au cœur de vous-même, la mesure des quelques minutes profondément nouvelles pour vous, ou des quelques heures peut-être, en tout cas je le souhaite, que vous allez avoir à vivre... Moi-même je tâchais, au terme d'une journée assez éprouvante psychologiquement, de retrouver l'innocence pour vous aborder de la manière la plus neuve...

— Je n'ai rien fait de ce que vous dites!

— Je vois bien que votre esprit va dans tous les sens.

– Il m'est venu à l'idée que vous ne m'aviez même pas demandé mon nom, ni même pourquoi je...

– Je n'ai pas besoin de tout ça pour l'instant.

– Je me sens niée...

– Vous sentez juste.

– Alors pourquoi moi, encore une fois !

– Un artiste a rarement la chance de disposer d'un être vivant.

– Comme matériau ?!

– Comme matériau.

– Pour du théâtre, à la rigueur, je comprendrais, mais... Quel rôle est-ce que je dois interpréter, s'il vous plaît, quel est mon personnage ?

– Cette fois, c'est l'être vivant qui préexiste au personnage.

– Le personnage n'existe pas...?

– Non.

– Les filles qui se sont présentées cet après-midi, elles le savaient ?!

– Non.

– Qui le sait ?

– Vous, maintenant.

– Personne d'autre ? Celui qui vient de partir, là...

– Non plus.

— C'est affreux.

— Oui. Mais ne me faites pas peur. Nous y arriverons.

— Et moi qui suis là, avec vous... Je ne comprends pas où vous voulez en venir.

— Just wait...

— Ma sœur m'appelle au téléphone tous les soirs à vingt heures. Si je n'ai pas répondu et ne l'ai pas jointe de mon côté avant minuit, à minuit elle recommence.

— Et s'il n'y a toujours personne?

— C'est convenu : elle appelle la Police.

— A-t-elle eu à le faire, déjà?

— Jamais.

— C'est un problème...

— Qu'est-ce que vous avez dit?

— Je dis, ça, c'est un problème... J'essaye de réfléchir, comment...

— Qu'est-ce qui est un problème?

— Eh bien, je pense que si vous m'informez de ce détail, c'est pour que nous y veillions... Et, je le répète, nous ne pouvons pas savoir, ni vous, ni moi, comment les choses vont tourner...

— Il suffit de le décider!

— Alors de la minute où nous aurons pris cette

décision à son accomplissement, rien de neuf n'adviendra entre nous. Quelle heure avez-vous?

Elle retrousse sa manche.

— Je ne vois pas les aiguilles... Puis-je allumer un instant?

Elle s'est levée.

— Il n'en est pas question. Votre iris va seulement commencer à jouir de son ouverture maximum... Nous allons même bientôt pouvoir nous voir... Non. Approchez-vous des vitres!

Elle se rasseoit par terre.

Rires.

» C'est à ce point...? Je suis consterné.

» Je comprends que cette expérience soit déconcertante pour vous. Pour moi aussi, c'est la première fois.

— Euh... La première fois que... Que quoi... Que...

— Vous avez le hoquet?

— Excusez-moi.

— Ce n'est pas la première fois, loin s'en faut, que je m'enferme avec une jeune femme, non, rassurez-vous. C'est la première fois que... Je

vais vous dire : j'ai longtemps cru qu'on ne pouvait vraiment concevoir que seul. Je le crois encore. On ne peut concevoir que seul. Seulement moi... Moi, je ne peux plus.
— Pourquoi me dites-vous ça?
— Je n'y arrive plus...
— Mais taisez-vous! Mais je n'en crois rien!
    Elle met les mains sur ses oreilles.
— Ça ne vient plus. C'est sec, là!
— ...
— Ça s'est tu.
— Mais qu'est-ce que j'y peux, moi!
    Elle laisse retomber les mains.
» Il ne fallait pas convoquer les filles si vous n'étiez pas prêt...
— Il fallait bien commencer. Je ne veux plus rester chez moi.
— Mais le scénario, il est où?
— Il n'y en a pas.
— Et je suis censée faire quoi, moi?
— Vous avez la gentillesse de vous intéresser à mon travail.
— Mais encore?
— Vous êtes la vie.
— Et vous, alors?
— Je ne suis que calcul.

— Peut-être, mais qu'est-ce que vous voulez que je...
— Ce que la vie te souffle.
— Non, mais écoutez, comment voulez-vous que je...
— Comme le vent écrit sur le sable.
— Mais c'est du délire!
— Exact.

Elle a soupiré deux fois. Le blanc de l'imperméable pose une clarté sur le sol. Ses jambes étendues l'une sur l'autre font grésiller par instants les mailles de ses bas.
» Vous restez, mademoiselle...?
— Je vais voir.

Du parquet se détache un craquement subit. En haut d'un mur sombre, une petite fenêtre s'éclaire.
— Je vais vous dire autre chose. Je ne suis plus le même. Depuis quelque temps, je ne supporte plus le désir. Je n'aime plus avoir faim, j'aime avoir mangé. Je n'aime plus faire l'amour, j'aime avoir joui. Je n'aime plus tourner, j'aime

avoir tourné... Comment expliquez-vous ça...?

— Continuez avec le verbe " vivre ".

— Je n'aime plus vivre, j'aime...

    Elle éclate de rire.

» Il n'y a pas que de la bonté en vous.

— Mais non, mais c'est pile ce que je suis en train d'apprendre en philo...! " La vie est béance, désir, attente... "

— Reste un verbe pour lequel ça ne vaut pas. J'aime aimer. Je n'aime pas avoir aimé.

— Est-ce qu'il ne fait pas très froid?

— Vous n'êtes pas couverte?

— Je ne sais pas, j'ai froid tout à coup... Il y a du chauffage, ici?

— J'ai aperçu un petit radiateur dans le coin, il ne doit pas être suffisant.

— Ce sont vos lampes qui ont chauffé tout l'après-midi. Quand je suis arrivée, il faisait très chaud.

— Il y a un édredon, là-bas.

— Je n'ai pas besoin d'édredon!

— N'allez pas prendre mal à cause de moi...

– J'ai bien une idée, mais tout en vous le disant, je sais que je fais une bêtise...
– Dites toujours.
– Je vous avais pris une flasque de whisky chez l'épicier.
– Tu l'as là?!
– Oui.
– Non!!?
– Si!
– Bois la première!!!

17

— Tu as fini, ça y est?

— Oui, oui.

— Eh bien...?

— Eh bien, je me sens déjà mieux.

— Eh bien, fais-la passer!

— Eh bien... venez la chercher...

— ...

— "C'est à ce point? Je suis consternée!"

Elle rit doucement dans l'obscurité. Un coup dans les semelles, elle cesse de rire.

— Donne.

Elle dépose la flasque dans la main tendue, qui se referme dessus et l'escamote.

Sur fond de ciel de cinéma remonte pesamment la haute silhouette; puis s'évanouit.

— Qu'est-ce qu'il s'est passé?

— Quand?
— Là... J'ai pas compris.
— Je suis venu chercher le flacon.
— Je ne vous ai pas vu...
— Je suis pourtant venu.

— Vous êtes comment, là? Sur un tabouret
ou...
— Non, comme toi. Par terre.
— Mais vous me voyez?
— Très bien.

— Quand est-ce qu'on va commencer à tra-
vailler?
— On a commencé.
— Ah bon! A quel moment?
— Depuis que tu es ici.
— Mais on n'a pas arrêté de discuter!
— Tout est travail.
  Elle rit.
— Et on a gagné combien, déjà...?!

» Si vous voulez que je participe, il faudrait
au moins me mettre sur la voie...

— Je vous ai priée de partager mon temps. Pas de participer. Je déteste ce mot.

— Pardon de vous déranger, mais qu'est-ce que vous proposez qu'on fasse, à présent, parce que... J'ai la vie devant moi, j'en conviens, mais je ne pense pas la passer là.
— Taisez-vous donc un peu !

— Je m'excuse de reparler. J'espère que vous ne buvez pas tout.
— Tu en veux ?
— Non, ce n'est pas ça...
— L'alcool ne me fait rien. Jamais vous ne me verrez changé par l'alcool.
— Vous seriez bien le seul...
— Comme je suis le seul à obtenir des femmes au cinéma ce qu'elles n'ont donné à personne.
— Si ce n'est pas un effet de l'alcool, ça...
— Non, mademoiselle !! Non, mademoiselle, ce n'est pas un effet de l'alcool, " ça " ! Ça, c'est un effet de la terreur, quand vous prenez conscience que vous êtes en train d'essayer de

faire la chose la plus menue, la plus fragile, la plus difficile qui soit au monde et que vous vous trouvez devant une petite grue qui ne cesse pas de jacasser, qui ne se préoccupe que de SA petite personne et de ce qui va LUI arriver!! Parce que, poser des questions, ça, vous savez... Mais comment, d'une petite grue qui n'a encore rien foutu ni vécu, on va faire jaillir une jeune fille qui tirera les larmes de par le monde, ça, ça ne vous inquiète pas, ça...! Comment, avec trente millions de dollars de dettes dans les reins, quatre mois devant soi et une petite grue qui vous dit qu'à vingt heures sa sœur doit lui téléphoner, on arrive à rester calme, ça, ça ne vous rend pas curieuse, ça! Vous avez deux seins, deux jambes et une lueur dans l'œil, et il se peut que j'en aie besoin. Cela ne vous autorise pas, n'est-ce pas, à faire de moi un copain. Je vais être bien clair, mademoiselle : je souhaite n'avoir affaire à aucune manifestation de votre existence, hors celles que je sollicite et celles, élémentaires, du froid, de la soif et de la faim. Même la peur, si vous deviez avoir peur, je vous engage à essayer de la garder. Elle devrait vous servir.

» Vous servir à quoi... Pour dire quoi... A qui,
pourquoi... Ce qu'il arrivera, qui cela intéres-
sera... Ça, c'est une autre histoire.

» Vous êtes triste?
– ...
– Oui, vous êtes triste. Je m'y prends mal.

» Si vos larmes coulent, me croirez-vous si je
vous dis que je suis heureux de ne pas pouvoir
les voir?
– ...
– A votre âge, on ne peut déjà plus pleurer
tout fort, n'est-ce pas...? C'est dommage, en
un sens.

» A mon âge, il arrive qu'on en retrouve, par
hasard, la possibilité... En fin de nuit. Sans
témoin. C'est un son surprenant, à l'âge mûr.
Mais c'est bon. C'est bon.

» Connaissez-vous l'oiseau du matin?
– C'est un opéra?
– ...

131

— Je vous entends, vous savez! Je vous entends, vous pensez : " Qu'elle est bête! Que cette fille est bête! "

— Je parlais vraiment, en effet, de l'oiseau du matin.

— Je ne suis pas la personne que vous cherchez. Je vais rentrer chez moi.

— Attendons-le ensemble, tranquillement.

— Qui?

— Cet oiseau qui parlemente le matin, dans Paris endormi, vous savez?

— Je n'ai pas le courage d'attendre votre oiseau, Monsieur. Je suis démolie, complètement démolie.

— Je n'ai pas trouvé encore ce qui m'intéressait en vous.

— Cherchez pas, ça ne s'y trouve pas. Je vous dis que je pars. J'ai besoin de rentrer, d'être chez moi.

Elle replie les genoux, se hisse sur ses pieds.

— J'ai fait la même erreur, pendant des années.

— Quelle erreur?

— C'est une erreur de croire qu'on se résout dans la solitude. Ce qui est bon pour l'animal, lorsqu'il va mal, n'est pas bon pour l'homme.

132

Elle recule.

— Si vous saviez comme je chantais dans la rue en venant ici!

— Vous chantiez d'aller vous présenter pour faire du cinéma?

— Je chantais d'aller vers vous.

— Moi, proprement dit? Asseyez-vous.

— Je suis venue trop tard... Ou trop tôt, je n'en sais rien... On verra. Mes amitiés à votre petite fille.

La porte s'écarte dans son dos, elle fait demi-tour, disparaît.

18

— Arrêtez... Arrêtez, on vous entend d'en bas...
Arrêtez, je vous en supplie... Si j'y suis pour
quelque chose, pardonnez-moi... Pardonnez-
moi, Monsieur! Arrêtez... Arrêtez, s'il vous
plaît... Allez, vous arrêtez? Allez... Arrêtez...
Arrêtez...
Peu à peu, le silence se fait.

» J'ai envie de venir à côté de vous.
— Non.
— C'était trop horrible, ce bruit à travers les
murs... J'étais déjà au premier, je me disais,
mais qu'est-ce que c'est que ce bruit, qu'on
entend... J'ai cru que c'était un chien... Comme
ils font, vous savez, avec cette voix qui vient du
ventre quand ils se croient abandonnés...

— Reprenez votre place.

— Comment?

— ...

— Qu'est-ce que vous venez de dire, sincère-
ment je n'ai pas entendu, je parlais...

— Reprenez votre place.

— Oui, bien sûr, oui.

Elle s'accroupit, s'adosse au mur. Les os de
ses genoux craquent.

— Asseyez-vous vraiment. Comme tout à
l'heure.

— J'ai un petit peu mal aux reins... Je ne peux
pas rester comme ça?

— Fermez la porte.

Elle se redresse, ferme la porte, se remet en
position.

Elle remue de côté et d'autre, finit par
s'asseoir à même le sol.

» A quoi penses-tu?

— Vous me parlez?

— Oui. A quoi penses-tu?

— Ça me gêne...

— Je te le demande.

136

— Je m'embête.

— Tu t'embêtes?

— Oui, oui je m'embête! Je suis embêtée de m'embêter, d'ailleurs... Mais je n'ai rien dans la tête, contrairement à vous... Ou alors un tas de choses qui...

— Chasse tout!

— J'essaye, justement, mais...

— Sors de ta vie. Tu ne peux plus rien faire. Dis-toi qu'il ne te reste qu'à dormir.

— On va dormir!? On ne va pas dormir, j'espère!

— Tu sais bien qu'il suffit de chercher à le faire pour ne pas y arriver.

— Vous cherchez, vous?

— Je fais comme si.

— Pourquoi faire?

— ... le papillon.

— Et si vous vous endormez?

— Quel risque y a-t-il?

— Je ne sais pas... Que je m'enfuie!

— Vous êtes déjà revenue.

— Non, le risque... Pardon, j'ai mal répondu : le risque, c'est que nous n'arrivions à rien, non?

— Où est le risque?

— Vous attendez bien quelque chose de moi, non?

— Non, de moi.

— Bon. Mais le risque tout de même, c'est que je vous fasse perdre votre temps, non? Si vous vous apercevez tout à coup que...

— Déchargez-vous... Déchargez-vous donc... La journée est finie... C'est la nuit, c'est sans risque, vous dis-je.

— Meeerde... meeerde...!! Mais donnez-moi quelque chose à faire, merde!

— ...

— Filez-moi un balai! Un tricot! Un problème de maths, j'en peux plus!!

— ...

— Parlez-moi! Mais parlez-moi, au moins! Vous ne me parlez pas! Je suis dans le noir depuis des heures, je ne dois rien dire, rien faire! Je ne sais même pas à quoi je sers, mais je vais crever, moi, si ça continue!

— Pour l'instant, il n'y a rien que tu puisses faire.

— Et vous me faites croire qu'on travaille!

— C'est du travail. La preuve, ça te donne du mal.

— Mais on attend quoi?!

138

— Si on le savait...

— Mais ça va venir d'où, par où, sous quelle forme, si on passe notre temps à la fermer?!

— C'est là... Autour de nous.

— Et si nous, on s'en va, ça y sera toujours?

— Bonne question. Non.

— Mais je suis une active, moi! Je fais de la danse, normalement, ou je vais à la patinoire, je lis, j'écoute de la musique... Ce n'est pas que je ne réfléchis pas, mais j'ai besoin de...

— Et moi, j'ai besoin de vous.

— Mais vous ne voulez rien de moi!

— Je vous veux là.

— Mais vous ne vous servez pas de moi!

— Vous êtes là.

— Mais mon pouvoir de réussir ou de rater l'examen, mon pouvoir de vous séduire ou de vous déplaire, il est où? Rien ne dépend plus de moi, vous avez tout retiré...

— Ce n'est pas avec des paroles qu'on dit quelque chose.

— Là, je suis d'accord avec vous.

— Vous n'avez pas à être " d'accord " avec moi.

— Qu'est-ce que j'ai dit?

— Nous ne discutons pas ensemble.

＞ Je disais qu'on ne peut dire que très peu de choses avec la bouche... Quelques bruits, plutôt rudimentaires, sont à notre disposition. Nous les émettons, à intervalles irréguliers... Une personne qui s'est retenue longtemps en émettra soudain beaucoup, avec une certaine violence, même s'il s'agit d'amour. D'autres émettent constamment, en continuité, ne sont interrompus que par le sommeil. Qu'ils le fassent seuls, ou sous le regard de deux, quatre, huit yeux semblables aux leurs, peu importe... Personne ne répond à personne.

＞ Pas plus qu'il ne s'exprime quelque chose, d'ailleurs...

＞ Je déteste l'emploi qu'on fait de ce mot aujourd'hui. On exprime l'eau d'une éponge, le jus d'un fruit n'est-ce pas, mais que voulez-vous qu'un homme exprime hormis ses excréments, et son âme un beau soir...?

＞ Vous voulez dire quelque chose?
— Non, non.

— Si je me baisse et que je frappe trois fois le sol avec le plat de la main en disant " pa-ta-pouf ", que me répondez-vous?
— Pa-ta-pouf.

— Bien.

➤ Je le faisais avec ma fille quand elle n'avait que quelques mois... C'est à peine si elle me connaissait.
— C'était votre salut?
— Salut, appel, langage...
— C'est un mode tout à fait joyeux...
— A la minute où elle me découvrait, elle tapait la terre.
— Vous la preniez, après?
— Pour la toucher, oui... Je l'ai touchée, respirée, humée autant que je l'ai pu.

➤ C'est le premier des moyens de connaissance. Le plus pur.

➤ Si cela n'avait un sens convenu un peu difficile à oublier entre un homme et une femme, je vous proposerais que nous procédions de cette façon.
— Cela aurait bien toujours le même sens, néanmoins!
— Un individu qui entrerait à l'improviste le croirait, en effet... Mais vous et moi saurions

qu'il n'en est rien. Et comme il ne viendra personne...

— Et quel est cet autre sens qu'il faudrait y accorder?

— Je ne suis pas un homme ordinaire.
— Je sais.
— Je cherche " autre chose ".
— Oui.
— Nous ne pouvons pas continuer comme nous sommes, il faut avancer.
— Oui.
— Je ne vous toucherai pas.
— ...
— Quand je dis que je ne vous toucherai pas, je ne veux pas dire par là que je vous respecterai. Je le dis au sens exact du terme toucher.
— Et moi...?
— Comme vous voudrez.
— Mais qu'est-ce qu'on va faire?
— Vous ferez ma connaissance.

» Alors?
— Alors.
— Prenez le matelas et tirez-le sur le sol. Vous prendrez l'édredon et vous vous en couvrirez.

142

Elle se lève, va mettre à bas la literie, la traîne jusqu'au centre de la salle.

» Vous êtes allongée?
— Oui.
— Avez-vous besoin de quelque chose?
— Non...
— Votre cœur bat-il régulièrement?
— Oui.
— Je vous rejoins?
— ...
— Ne bougez pas. Je vais me glisser à côté de vous.

19

Elle est là. Elle respire. Il y a une odeur de poussière. L'édredon léger frémit.

En haut, à droite dans la verrière, s'encadre la lune. C'est une lune pointue, à clarté froide.

— Je serais vous, je n'attendrais pas.

— Je ne sais pas ce que je dois faire.

— Que fait-on lorsqu'on ne voit pas clair?

— On imagine...?

— C'est fini, ça. Maintenant vous m'avez sous la main. Non : pourquoi nous ai-je placés là?

— ... faire votre connaissance?

— Tout juste. Alors allez-y.

» Soyez nette, mademoiselle, de grâce! Nous ne sommes pas en train de faire ou de compléter votre apprentissage sexuel, si c'est ce que vous craignez!

— ...

— C'est là un des tout premiers devoirs de l'acteur... Toucher l'Autre. Et d'abord, savoir entrer, se faire admettre dans le champ de cette aura qui enveloppe un corps, en tant que monde... Ayant accepté, mademoiselle, de vous trouver à quelques centimètres de mon corps, vous êtes déjà dans mon champ. Je vous y ai personnellement conviée... Mais, en ne vous hâtant pas d'y être familière à ma demande, vous me faites souffrir comme on souffre, vous savez, de ces gens, à la poste ou dans le métro, qui se tiennent trop près de nous... En réalité, ils nous marchent dessus. Ils ont pénétré par effraction dans notre aura et s'y incrustent par inconscience...

» Je suis dans cet état. Vous êtes chez moi, mais vous ne vous faites pas connaître! Pour tous mes sens qui sont sur la défensive, vous êtes suspecte. Votre travail est donc de les apprivoiser au plus vite.

— ...

— Avez-vous jamais touché le dos d'un sanglier?

— Non... Je ne crois pas.

— Serré le cuir froid d'une petite main de singe?

— ...

— C'est la surprise de cette étrangeté que je vous ménage. Vous toucherez une vie. Vous aurez ce choc animal. Rien de vrai ne peut commencer sans cette connaissance. N'épargnez rien. Ni les larmes si elles vous sortent, ni aucune réaction qui pourrait vous submerger... Je ne vous demande qu'un effort, celui de nommer ce que vos doigts rencontrent ou reconnaissent. Je me tais.

— Par où je commence?

— ...

— Vous voulez que je commence comment, s'il vous plaît?

— ...

— Mais je fais que la tête, ou...?

— ...

Soudain s'envole l'édredon.

Dans l'ombre, elle s'agenouille.

— Des grosses chaussures. Non, des boots.
courroies. Vous portez du velours. C'est un
pantalon large. Du velours à grosses côtes.
Vous avez de grandes jambes. De la laine. Les
bras longs... Bon. Je vais voir là-haut.

Elle a le souffle court.

Les cuisses en ciseaux, elle remonte latérale-
ment le matelas. Elle s'arrête.

› Ce sont vos cheveux. Il y en a beaucoup. Ils
font ce que la main veut. Je ne les décoiffe pas,
ils le sont déjà. Longs dans le cou aussi... Pas
assez pour mettre un élastique. Vous avez le
crâne brûlant à l'intérieur. Une oreille. Déjà?
Elle est toute froide. L'autre aussi. Ça va, vous
êtes en bonne santé. Ils sentent le matin, vos
cheveux un peu. Le sommeil. La bouillie pour
enfant. C'est bizarre. Ou c'est vous, je ne sais
pas. Et le... Vous habitez la campagne? Vous
fumez, de temps en temps, peut-être. Je des-
cends. Bon, beaucoup de peau, comme mon
chien. Des soucis. Vous en avez deux, là. Deux
ou trois. Là, oui, qui descend, la ride de la
sévérité. C'était forcé. Mais que d'un côté, on
dirait. Voilà le sourcil. Assez proéminents les
sourcils. En pagaille aussi. Des antennes de
cigale, je dis à mon grand-père. Il a les mêmes.
Je fais doucement. La boule de l'œil. L'autre.

148

Les os des arcades. Ils ont l'air loin, ils ont l'air petits, les yeux, pour un front aussi énorme... Toutes petites paupières. Ça commençait comme un Lion mais... Ça remonte, c'est le nez. Je sais que vous n'êtes pas Lion de toute façon. Le nez toujours... Oups! Pas de moustache. Pas de barbe non plus. Je ne sais pas pourquoi, j'avais un peu peur qu'il y en ait. Joues du rasoir, joues rases du soir... C'était votre bouche, pardon. J'ai l'habitude de soulever des babines, mais celles-là, excusez-moi, je ne le ferai pas. Déjà qu'il y a plus d'épines autour que si c'était le château de la Belle au bois dormant. Je ne vais pas bêtement aller y mettre le doigt pour vérifier que vous avez la dent pointue, vous l'avez. Il me semble bien que c'est elle, d'ailleurs, que je vois briller par moments... Elle m'envoie des petits éclats. Vous n'aviez pas prévu cette lune, probablement. On ne peut pas être aussi grand metteur en scène au ciel que sur la terre... Puisque j'y suis, j'en profite pour vous dire. Pourquoi êtes-vous aussi méchant, aussi dur. Vous avez l'air d'un enfant, là, tout chaud, dans l'obscurité. Il n'y a que les méchants pour faire autant de peine quand on les voit gentils comme ça.

Comment est-ce que des mots aussi coupants peuvent passer sur des lèvres aussi douces. Vous voyez bien que je suis là pour vous. Je n'ai pas envie de partir. J'ai envie de vous aider. Vraiment. Je vous jure que je n'ai rien de mieux à faire dans ce monde pour l'instant, de toutes mes forces je suis prête à essayer de faire quelque chose pour vous. Vous ne voulez pas que je téléphone à quelqu'un, que je dise à ceux qui vous bousculent que vous êtes malade, ou en voyage, pour que vous ayez un peu plus de temps ? Je vous sens si désemparé. Je vous admire tellement, depuis tellement d'années. Est-il possible que moi, je puisse vous faire du bien, à vous ? Il est si stupéfiant pour moi que vous vous adressiez à moi, qu'est-ce qu'il y a en moi qui vous a retenu, qui fait que vous me consacrez du temps, comme ça, sans savoir qui je suis ? Peu importe bien sûr, je suis moi. Mais si au moins vous me disiez pourquoi moi ? Pourquoi c'est avec moi que vous passez du temps, ce temps, si j'ai bien compris, que vous n'avez même pas le temps de donner à votre mère, ni à votre fille, pourquoi vous m'avez choisie moi pour le passer, dites ? Dites ? Dites ! Vous me donneriez tellement confiance, je vous en supplie, dites-moi, essayez de trouver pourquoi, pourquoi moi, essayez de me dire, vous me donneriez tellement confiance en moi...!!

Elle sanglote, à genoux.

Peu à peu le calme revient.
Elle se tient immobile.

Elle tire l'édredon. Se recouche..

20

— Songez que de nombreux rois et reines
reposent comme nous, en ce moment.
— ...
— Vous a-t-on appris comment on les appelle?
— Des gisants.
— Tout à fait.

» Est-ce que c'est une image qui vous fait du
bien... Est-ce qu'elle ne vous apporte pas,
comme à moi, un vaste sentiment de paix?
— Pas spécialement, non.

— Il y a souvent une épée couchée entre eux.
— ...
— Chez d'autres, au contraire, la main du roi
recouvre celle de...
— Vous avez le whisky?

— Le whisky? Oui, bien sûr. J'y ai pensé, je vous l'ai apporté... J'ai dû le poser par là, en place de l'épée justement. Finissez-le surtout, je n'en veux plus.

Elle tâtonne de la main sous l'édredon, se dresse sur un coude, porte le goulot à sa bouche.

— Il n'y en a plus.

— Oh?

— Pas une goutte.

— Je suis confus...

Elle retombe avec violence en claquant des dents.

— Merci bien!

— Couvrez-vous vite.

— L'édredon est glacé, de toute façon!

— Je suis doublement confus...

— De toute façon, c'est un froid intérieur que j'ai. Mille édredons n'y feraient rien.

— Ce froid vous est familier, vous le connaissez?

— Oh, pour ça, oui...

— Je m'en doutais.

➤ Je suis un vieil homme... Mais nous partageons nombre de choses.

— ...

— Je crois connaître assez bien ces froids dont vous parlez. Je vais vous dire. Les premiers, nous les avons ressentis, pour la plupart, vers trois, quatre heures de l'après-midi, alors que nous nous trouvions au milieu d'êtres gris, pour qui nous n'étions rien, qui eux-mêmes ne nous étaient rien... Mais voilà. Des années durant, nous avons eu à attendre, minute après minute parfois, n'est-ce pas, cette heure, cette heure faramineuse où il serait permis d'être seul... Mais ce qui s'appelle " seul ", bon Dieu! Sans témoins! Sans rivaux! Sans ce cortège de petits salauds qui nous ont collé au cul une jeunesse entière... Et Dieu sait si c'est long, une jeunesse, non? Ça n'en finit pas, non? C'est là, au cours de ces années-là, que vous avez senti monter les premières attaques de votre froid intérieur! Juste, ou pas?

— Oui... Et à la maison, aussi.

— En famille aussi, vous avez souhaité pouvoir vous isoler?

— Je n'ai pas eu à le souhaiter, je l'étais... Non, je parlais du froid, là.

— Ne m'avez-vous pas dit que vous aviez une sœur?

— Ce n'est pas ma vraie sœur.

— Quand est-elle arrivée?

— Déjà grande.

— Tu n'as guère pu jouer avec elle.

— Voilà.

— Tu en es jalouse, un peu, non?

— Elle avait un papa. Moi, une maman.

— C'était moins bien?

— C'était... injuste.

— Et pour elle?

— Non. Elle, elle était contente de son papa.
La voix s'est étranglée.

— Respire bien...

— Qu'est-ce que vous avez pensé de ce qui
m'est arrivé...?

— Quand?

— Quand... je faisais votre connaissance.

— Qu'est-ce qui vous est arrivé?

— Il vous est égal que je pleure...

— Je ne cherche jamais à expliquer des larmes.

— Elles expriment quelque chose, pourtant.

— C'est purement physiologique. Surtout chez
les jeunes filles.

156

— Les sentiments aussi, à ce moment-là!
— Ne me fatiguez pas, voulez-vous.

— Vous avez remarqué, depuis un moment?
— Quoi?
— On chuchote...
— Oui.
— A quel moment est-ce qu'on a commencé?
— On s'en fout.

— Non, c'est intéressant... Je trouve.
— Je te dis que ça ne te mènera nulle part.
— Mais qui l'a fait en premier, vous ou moi?
— Ça s'est fait de soi-même.
— Peut-être parce qu'on était dans le noir...
— Non. Parce qu'on était deux.
— On était deux aussi tout à l'heure.
— On était aussi dans le noir.
— Eh bien...? C'est moi qui l'ai dit, ça!
— Eh bien, qu'est-ce que tu cherches. Un, on
est deux. Deux, on est dans le noir. Trois, on
chuchote. Total : aucun intérêt.
— Non, je sais. Vous, vous dites qu'on chu-
chote parce qu'on est deux. Moi je dis qu'on
chuchote... parce qu'on n'est plus aussi loin
qu'on était, c'est vrai... On s'est rapprochés,

157

donc on n'a plus besoin de parler fort. Mais aussi parce qu'il fait noir. Remettez la lumière, vous verrez, ce sera déjà beaucoup moins normal de chuchoter.

— Mais de quoi as-tu peur encore?

— Je n'ai pas peur. J'aime savoir ce que je fais, c'est tout. Et pourquoi je le fais.

— Très bien. Alors qu'est-ce que tu fais dans mon lit?

— ...

— Réponds, je te prie.

— J'y suis parce que vous me l'avez demandé.

— Je t'ai payée combien pour ça?

— Vous ne m'avez pas payée.

— Alors tu entres dans le lit d'un homme, comme ça, sans contrepartie et sans savoir ce que tu y fais?

— Non... Non, je suis venue pour incarner un grand rôle au cinéma... Dans le film d'un très grand metteur en scène.

Rires.

— Et tu trouves que ça en prend la tournure?

— ...

— Tu peux me parler de ce rôle? As-tu obtenu quelques précisions depuis cinq heures du soir?

— Oh, ne recommencez pas... On n'était pas bien? On était bien, non?

Brusquement, elle se blottit.
— Je me mets là.

Elle redresse la tête.
» Vous avez juste un petit os, là, qui me fait mal au bout... Vous pourriez pas vous mettre mieux?
— Recule.
— Je pose ma tête comme ça, juste...
— Recule, je te dis.
— Qu'est-ce que ça peut vous faire... Ça ne fait rien...
— ...
— J'ai eu envie de me mettre là, je n'ai pas réfléchi... J'y suis, maintenant. Ce n'est pas grave.
— Ecarte-toi.
— Ne vous inquiétez pas...

» C'est quoi, c'est le type qui entrerait à l'improviste que vous craignez?
— ...

— Nous ne faisons rien de mal. C'est vous qui l'avez dit.

> D'abord, vous n'aviez qu'à me répondre.
— Quand?
— Quand j'ai pleuré.
— Encore! Mais essayez donc d'être un peu subtile, au moins, si vous voulez jouer les femmes!...

Elle atterrit brutalement sur le dos.
> Tu es vierge??

21

Elle se débat. Elle est forte. Ses efforts se concentrent sur le souffle, sur la résistance, en silence. Elle sent bon. Elle a fait sauter ses chaussures. L'imperméable bruit, il bouffe haut sur les cuisses et les accroches des bas, les jambes ont la puissance de tenailles de charpentier.

— Réponds !

Elle souffle, inspire, les muscles se resserrent.

➤ Réponds-moi et je te lâche !

— Lâchez d'abord !

— Attention. Voilà... Je lâche.

Soudain elle est là, reblottie.

La salle reprend sa dimension, les pieds de lampes en silhouettes comme les arbres d'une forêt. La lune a changé de carreau. Le sang cogne aux oreilles.

> Je t'écoute.

— C'est important, pour le rôle, que je sois vierge... ?

— ...

— C'est ennuyeux, au contraire, si je le suis encore, peut-être?

— L'êtes-vous. Oui. Ou non.

— Ecoutez, c'est... Je ne sais pas, c'est peut-être un petit peu plus compliqué, non... Vous ne croyez pas?

— Ne me fous pas ta littérature autour. J'ai posé une question sur un état, un état, c'est net. Il est vivant? Il est mort? Oui? Non? Voilà, c'est tout, c'est clair, c'est net, il n'y a pas d'histoire.

Elle a quitté la place.

— Il n'y a pas d'histoire!! Et ne cherchez plus pourquoi vous en êtes là, il n'y a pas d'histoire! Mais quand on est aussi clair, aussi net, comment est-ce qu'il pourrait y en avoir une, d'histoire!? " C'est sec, là... c'est sec... " En effet! Tellement sec que c'en est clair! Transparent!

Et vous vous étonnez, après! Monsieur-il-n'y-a-pas-d'histoire!

➤ Et si je faisais pareil avec vous? Il est sec? Il est humide? Oui? Non? Il est sec. Bon ben voilà. C'est clair, c'est net. Il est sec, je le jette! Salut.

— Reviens.

➤ Reviens là, allez... Tu as parfaitement raison. Je te présente mes excuses.

➤ Où es-tu passée?
— Je suis sur la chaise.
— Reprends ta place.
— Ce n'est pas ma place. Il y a du parfum.
— Mais non.
— Mais si.
— Tout à l'heure encore je sentais la bouillie de bébé, alors...?
— Je n'avais pas senti votre épaule.
— C'est mon parfum, tu te trompes.
— Ça m'étonnerait, ma mère en mettait.
— Plus maintenant?

163

– Avec mes regrets.
– Pardon.

➤ Tu me l'avais dit, c'est vrai.

➤ Je suis très troublé par la colère que tu viens
de faire...
– Elle n'est pas passée!
– Je m'en doute.

➤ Laisse-la tourner, restes-y bien attentive...
Quelle que soit ta confusion, il y a quelque
chose qui a besoin d'être dit, là...
– Il faudra un bon moment, je peux vous dire,
avant que j'en sois confuse!
– La colère est confuse... Toujours. Ça n'ôte
rien à sa justesse.

➤ Il y a des éléments déjà... J'en ai compté...
trois, il me semble.
➤ Nous ne cherchons pas, n'est-ce pas, le motif
de ta colère, nous en recherchons les points
forts. Je te dis, moi, ce que j'ai retenu. A
rebours... Voyons.
➤ Ta mère, autrefois, aurait porté un parfum
qui est celui que tu as senti sur mon épaule en

y posant la tête. Ce fait, selon toi, apporte la preuve que le parfum senti sur mon épaule est le parfum d'une femme. Soit.

➤ Que la découverte sur mon épaule d'un parfum supposé féminin ait pu être une cause d'irritation pour toi, nous nous en étonnerons, avons-nous dit, ultérieurement...

➤ Que cette découverte, qui est quand même un détail disons-le en passant, ait été le mobile latent de la colère ou le petit chapeau de couleur vive, n'est-ce pas, qui fait bien in extremis, il reste que, dans mon souvenir, elle a précédé de très, très loin la mise en colère... Quand j'ai songé que tu pouvais être une jeune fille, tout allait encore bien... Or tu avais senti le parfum déjà...

➤ Ce n'est pas non plus la précision de ma question qui t'a fâchée... Au contraire, elle te paraissait mériter je ne sais quel...
— Je regrette, moi, on m'a plutôt encouragée à essayer d'exalter les choses qu'à les minimiser ! Un événement de mon histoire, même de trente secondes, pour vous peut-être c'est de la gno-

gnote, moi c'est ma vie!... Trente secondes ou des années, d'ailleurs, ce n'est pas toujours ce qui se fait le plus vite qui fait le moins de mal! Pour passer de vie à trépas, trente secondes, en général ça suffit, je vous signale! Et pour quitter sa femme ou sa famille, je n'ai pas noté que c'était tellement plus long! Mais ces choses-là, comme par hasard, c'est plus rapide à faire qu'à raconter!

— Mais qui parle de temps...?

— Moi! Moi, j'en parle. Parce que la douleur, c'est du temps, le plaisir, c'est du temps, la vie, c'est un peu de temps aussi... Mais si vous voulez en discuter, il faut encore du temps! Moi, je suis désolée, je ne fais pas comme d'autres : ma vie, je la regarde passer. Je peux en rendre compte chaque soir, et j'espère bien avoir un maximum de bonheur à m'en souvenir le jour du grand tri entre les Bons et les Pourris! Mais si ça, pour vous, c'est de la littérature... Voilà!! J'ai retrouvé, ça y est...! C'est ce mot-là qui m'a vexée!

— C'était ça? Non, ce n'était pas ça.

— C'était ça!

— Non, non... C'était que je veuille une réponse précise à une question précise.

166

— Non, mais vous imaginez deux minutes ce qu'il resterait, si on ne faisait pas un peu de littérature autour des choses, s'il n'y avait pas un peu de bavures autour de vos précisions? Mais si tout le monde était comme vous, à ne vouloir toujours que de l'essentiel, et l'essentiel réduit à l'essentiel, mais ce serait l'hiver sur la terre!

— ...

— Ça va, l'hiver, pour vous? Il n'y a rien de trop qui fleurit, non? Il n'y a pas trop de lumière? Les oiseaux, les enfants ne font pas trop de bruit? Les nuits sont assez longues, ça va? Les portes assez fermées? Et la campagne? Elle est beaucoup plus précise, la campagne. C'est clair, c'est net, il n'y a pas de littérature aux arbres... Mais vous ne pouvez pas comme ça, constamment, empêcher les gens de faire de la littérature, sous prétexte que le printemps permanent que vous avez dans le ventre, même en poussant très fort, se fait un peu prier en ce moment!

— ...

— Les gens font du vent, les gens font du bruit avec leur bouche, ils n'expriment rien de rien, c'est entendu, mais c'est perso, ça, l'expression! Je ne le dis pas pour moi parce que j'ai été

vexée, il n'y a pas que moi pour faire de la littérature... Voyez les Italiens, vous qui avez
vécu en Italie, le chahut qu'ils peuvent faire
autour d'un bout de linge, d'une vieille
bagnole au coin d'un palais, et les mouches et
les mammas, tout ça, ça bourdonne tranquillement excusez-moi! Ils n'attendent pas que vous
leur distribuiez leur ration de syllabes ou de
sons rangés dans le bon ordre, ils font leur littérature! Et les amoureux?! Une femme qui voudra vous en dire un peu plus long que le sem-
piternel " je t'aime ", vous lui direz " Ne me
fous pas ta littérature autour "? Mais les amoureux n'auraient plus qu'à se flinguer, les Italiens ne seraient plus des Italiens si on vous sui-
vait...! Et vous...? Quand vous parlez de votre
fille? Non, mais vous vous écoutez, quelquefois? Cette " odeur de savon ", de " farine ",
de je ne sais quoi... Qui flotte je ne sais où...
Vous n'en feriez pas un peu beaucoup, vous-
même, dans le genre littérature?!

– ...

– Eh bien voilà. Moi, c'est pareil. Quand
quelque chose me tient à cœur, je lui fais un
sort.

» Tout à l'heure par exemple, je sais que ça ne vous intéresse pas, mais moi, ça paraît idiot, il ne m'était jamais arrivé de chuchoter dans le noir, comme ça, avec un homme, de tout et de rien, c'était la première fois... Eh bien ça, si vous m'aviez laissé en...

— Aaah, vous êtes vierge... Aah, c'est joli... Aaah, c'est très joli...

Il y a comme un temps de stupeur.

— Mais je n'ai jamais dit ça!

— Vous ne l'êtes pas?

— Vous êtes incroyable! Je n'en sais rien, à la fin, là!

— Moi non plus.

22

— Je me demande ce que vous êtes venue faire
exactement... Je ne sens pas chez vous cette
ambition si caractéristique...

» Vous en avez, c'est certain. Mais comment dire.
La vôtre me paraît beaucoup plus structurée...

» Vous avez envie d'être célèbre?
— Je ne ferai rien pour, disons.
— C'est bien ce qu'il me semble.
— C'est grave?
— C'est un sentiment qui n'est pas mauvais,
pour les comédiens. Quoique assez anti-
pathique parfois, il est porteur... Il est créateur
d'audace, créateur de courage...

> Et le fait est que vous en manquez.
— D'après quoi jugez-vous?
— Vous ne souffrez pas.
— Je souffre, mais pas de ça!
— Mademoiselle Tout-le-monde aussi.
— J'ai eu l'audace de me présenter!
— Elles ont fait la queue tout l'après-midi.
— J'ai le courage de vous répondre!
— C'est le plus grave.

Le parquet lâche deux craquements secs.

> Très franchement, mademoiselle, pourquoi êtes-vous venue? Pour quoi faire...? Le savez-vous seulement?

Elle s'est approchée. Faite de souffle et d'ombre, elle s'engage sur la couche.
— Pas exactement, non...

Elle s'étend, range les bras l'un après l'autre sous l'édredon, le tire au plus haut.
> J'attends que vous me le disiez.

— Je ne crois pas que vous soyez faite pour être comédienne.
— ...
— Vous donnez de la tête.
— ...
— Vous cassez le partenaire.
— ...

— Vous brûlez le jeu.

— C'est tout?

— Vous ne savez pas vous abandonner.

— Vous me piquez sans arrêt! Je passe mon temps à être sur la défensive!

— Je ne vous piquerai plus. Je vous le promets.

— Et pourquoi?

— Je suis fatigué.

— C'est ma colère qui vous a fatigué.

— Non. Sa justesse.

Le ciel déjà paraît avoir pâli.

Sur le matelas, elle est tendue.

Sa jeune respiration soulève doucement l'édredon de soie.

— Vous ne savez vraiment rien, rien du tout, du sujet que vous voulez traiter, ou quand même, si, un petit peu...?

— Je sais qu'il y a une jeune fille... Et qu'il fera chaud.

— Les films que j'ai vus de vous, Monsieur, partaient tous de presque rien aussi...

173

— Il devrait y avoir beaucoup de vert... Ou de verdure, je ne sais pas. Et du vent.

» Tout bouge, tout le temps... Les feuilles, les chevelures, les jupes, ça inquiète... Il fait chaud. Mais blanc, le ciel est blanc.

Elle a levé le menton en direction de la verrière. Elle écoute.

» Il y a l'idée de l'eau... Une idée d'eau qui court tout le long... Mais toujours retenue. Toujours contenue. Que ce soit des larmes, une pluie d'orage, la fougue d'un torrent... Tout en est toujours gonflé. Jamais rien ne s'écoule. On en souffre, confusément...

» C'est là, comme quelque chose qui ne s'accomplit pas...

» Les jeunes filles sont là... Tout en joues. Des expressions liquides, inachevées... Les jambes nues, dans des grosses chaussures, toujours en mouvement... Elles travaillent dur, elles ont des soucis personnels, des états d'âme... Mais rien ne peut faire que, pendant qu'elles parlent, tout en les écoutant, on ne pense pas, en les

174

regardant, à l'amour avec elles, l'amour phy-
sique...
— Comment est-ce qu'on fait pour le dire, ça?
— On le trouve tout dit.
— Où?
— Sur des figures de filles.
— Sur la mienne...?
— Il y a ça, oui.

❯ Quand les jeunes filles s'éparpillent dans la
vallée, elles ne sont pas plus hautes que des
doigts d'enfant... On peut les suivre du regard,
loin, longtemps... On le fait... Quelque chose
fait qu'on le fait...

❯ Une, en particulier... Même sentiment que
pour l'eau. Elle contient quelque chose... C'est
douloureux... Pas pour elle, pour quelqu'un
d'autre. Je ne sais pas qui... Elle ne le connaît
pas...

❯ Ou elle le connaît et elle ne le " voit pas ". Le
film tout entier progresse à travers ce regard, et
je ne comprends pas pourquoi : il est accompa-
gné de honte! Il y a comme une honte à regarder...

175

» Je ne sais pas! Je ne vois pas ce qu'il faut faire! C'est cette honte... Elle m'emmerde.
— Tournez-vous sur le côté, Monsieur.
— Que faites-vous?
— Je vais vous endormir.

» Voilà... Là, comme ça.
— Pas longtemps...
— Pas longtemps, non.

» Monsieur?
— Hon...?
— Les filles qui ont ce que vous dites, là, sur la figure, à votre avis, elles le savent?
— Celles qui le savent ne m'intéressent pas.

Cette odeur de poussière toujours à fleur de parquet. Sous l'édredon, la chaleur monte.
— Monsieur?
— ...
— Il n'y a personne à prévenir?
— Quoi... de quoi...
— J'ai l'honneur d'être la dernière personne vivante près de vous... On ne sait jamais.
— ...
— Vite...

— Oh, il y a un bébé, quelque part... Sa mère
s'en occupe. Il y a ma mère...
   Elle rit.
— Arrêtez de dire que c'est un bébé! Je sais
qu'il y a un bail que vous ne l'avez pas vue,
mais elle a peut-être un peu changé, depuis
quinze ans, quand même, non?
— Un autre bébé, ... petit garçon.
— ... con!
— Hon...?
— Rien. Dormez.

23

— Vous êtes là...
— Oui, c'est étonnant.
— Vous avez dormi aussi...?
— A côté de vous? Vous plaisantez.

— On dirait que vous m'en voulez.
— Ah bon, qu'est-ce qui vous fait dire ça?
— Une intonation.

» Je ne vous ai pas abandonnée, si c'est ce que vous pensez. Je n'ai pas une seconde oublié que vous étiez...
— ... Pas un magazine n'a jacté de ce bébé, c'est dingue!!
— ...
— Si maintenant les journaux ne font plus leur

boulot... Ça ne m'aurait pas échappé, quand même !!

— La vie va plus vite que les journaux, probable...

— Mais c'était quand?

— Oh, un ou deux mois...

— Un? Ou deux??

— Baisse le ton, tu veux.

— Oui, mais un, ou deux?! C'est un, ou c'est deux?? C'est précis, ça, pourtant! C'est clair! C'est net! Il a UN ou il a DEUX mois?! Il a UN zizi, ou il a DEUX zizis?! UN pied ou...

— La paix!!

— Je veux vous voir.

— ...

— Je veux vous voir, vous entendez? Je vais allumer.

— Vous avez un pouvoir de négociation?

— J'en ai un.

— Vous allez prendre la porte, encore?

— Non, un autre.

— Quel est-il?

— Il est à moi.

— Où allez-vous?

— Allumer! Lâchez ma main!

— Le jour approche. Vous me verrez.

— Mais je n'ai pas de temps à perdre, là! J'ai toute ma vie à faire, moi, là...!

— Quoi, là, ce matin?

— Ce matin, oui, parfaitement!

— Pourquoi ce matin?

Elle tire, par à-coups, sur sa patte rivée au matelas.

— C'est la date que je me suis fixée!

La voix est au bord des larmes.

— Qu'avez-vous à faire. Dites-moi.

— Un, vous rencontrer, c'est fait. Deux, maintenant c'est tout droit.

— Mademoiselle, je ne suis pas idiot, n'est-ce pas. Je vois bien que vous êtes retournée. Mais vous ne jouerez pas les adolescentes obscures avec moi. Vous allez, s'il vous plaît, vous allonger là encore quelques instants, nous allons parler de ce programme qui m'a l'air...

— Ne me retenez pas, Monsieur!

— Vous irez, ensuite, je m'y engage!

— Mais je veux voir toutes ces femmes nues dans vos yeux!

— Tu dis?

— ...

— Qu'est-ce qu'il y a. Dis-moi.

— Tous ces culs, ces seins, là, que vous connaissez... !

Elle pleure.

— Eh bien?

— J'y pense!

— Sois précise.

— C'est vos yeux... Je supporte pas que vos yeux aient... Je ne sais pas comment dire...

— Qu'est-ce que ça te fait?

— Un désespoir...

— Si tu ne supportes pas, pourquoi y penses-tu?

— Je ne peux pas m'en empêcher!

Elle renifle. Se recroqueville.

— Qu'est-ce que tu vois?

— Vos yeux... Vos yeux d'homme posés dessus...

— Que font-elles?

— Rien... Elles se font voir.

— Elles ont des sentiments?

— Un peu d'effroi, je crois.

— A cause de quoi?

— De vous.

— J'ai des gestes?

– Non... Mais l'attente est pire.

– Elles sont une, ou plusieurs?

– Plusieurs.

– Tu as essayé avec une?

– Ça ne marche pas.

– Elles ont un visage?

– Non.

– Tu sais des noms?

– Je sais des noms, oui... Mais elles n'ont pas de visage.

– Parce qu'avec un visage qui aurait un nom, le corps disparaît?

– Comment le savez-vous...?

– Es-tu l'une d'elles?

– Non... Non.

– Tu aurais voulu, tu voudrais être l'une de ces femmes?

– Non.

– Où es-tu, toi?

– Dans un coin.

– On te voit? On ne te voit pas?

– Vous, surtout, vous ne me voyez pas.

– Qu'est-ce que tu fais, tu les regardes aussi?

– Non...

– Tu as peur de regarder?

– Non...

183

— Qu'est-ce que tu fais?

— ...

— Tu as peur de le dire...? Tu te caresses?

— Non.

— Qu'est-ce que tu fais, alors?

— Je vous regarde les regarder.

— Et quoi?

— Je vois vos yeux... Vos yeux qui les voient...

— Et après?

Elle soupire.

— Vous ne comprenez pas... Ça ne fait rien.

— Mais qu'est-ce qu'ils ont, mes yeux?

— Des choses...

— Les choses que je regarde s'y reflètent?

— Non, d'autres... Qui n'y sont pas en vrai.

— Et si tu regardes, toi?

— Je vois des femmes.

— Tu vois des femmes.

— Oui.

— Il faut que ce soit moi, c'est mieux si c'est moi qui les regarde.

— Oui.

— C'est donc moi qui t'intéresse.

— Vous... Mais vous, vous intéressant à elles.

— Et pas à toi?

— Non.

— Jamais je ne me tourne vers toi?

— Si, mais... vous ne me voyez pas.

— Pourquoi?

— Je me pose pas la question...

— Et elles? Elles peuvent te voir?

— Ça arrive.

— Et qu'est-ce qu'il se passe?

— On se sourit...

— Le sens de ce sourire?

— Je ne sais pas... C'est juste comme ça...

— On ne se sourit pas, comme ça, sans raison!
A quel moment y a-t-il un sourire? Revois bien
la scène...

— Mais je ne sais pas, je vous dis... C'est un
sourire tout simple... Un sourire comme on s'en
fait entre femmes...

— Mais vous vous souriez dans mon dos, j'ai le
dos tourné, je suppose, pendant ce petit
échange...?! Alors que signifie ce sourire!?

— Ne vous fâchez pas... Je ne sais pas, sincère-
ment... Je ne sais pas...

— Suis-je nu?

— Vous êtes habillé.

— Et toi?

— Moi aussi... Mais nous, ça n'a pas d'importance.

— Pourquoi?

— C'est nous qui dirigeons.

— D'où leur effroi?

— C'est de vous qu'elles ont peur.

— Mais c'est toi qui nous manipules, alors qu'est-ce que je fais, avec elles? Qu'est-ce que tu nous fais faire?

— ...

— Mais quoi, par exemple?

— ...

— Je donne des ordres...? J'ai des exigences?

— ...

— On a du linge? Des objets...? Il y a des meubles? Il n'y a rien?

— Non, non, je ne peux pas dire...

— Et c'est quoi, là, c'est de la pudeur ou c'est de la honte?

— ...

— Vas-y! Mais va jusqu'au bout! Qu'est-ce qui te retient, là : pudeur ou honte?!

— Ne criez pas... Je ne sais pas... Je veux qu'on arrête...! Je veux qu'on arrête!

— Excuse-moi. C'est très important. Ecoute bien, je recommence : quand tu es avec ces femmes et moi, puisque tu n'es pas l'une

186

d'elles, tu m'as dit que tu n'étais pas l'une
d'elles, qui es-tu, toi ou moi?
— Mais ça dépend...
— De quoi? De quoi, ça dépend?
— Ça change... Je suis moi quand je souffre...
Et vous, quand ça me plaît.

24

— Oh je regrette... Je regrette...
— Quoi donc?
— On n'aurait pas dû parler...
— Ne t'en fais pas.
— Mais vous ne parlez plus...
— Je réfléchis.
— C'est vous qui m'avez forcée...
— Chuuut... Tais-toi une seconde.
— Mais je ne suis pas bien!
— Tu es " dans un coin " dis-tu, on " ne te voit " pas et tu " souffres "... Nature de cette souffrance?
— Je ne veux plus qu'on parle de ça!
— On termine. Essaye de me dire.
— ...
— Fais un effort. Si moi, homme, une femme ne me dit pas...

– Mais c'est bête...!

– Pas plus bête que n'importe quel rêve au réveil, retourne là-bas. Tu es dans le coin... Tu regardes... Tu souffres...

– C'est quelque chose comme si... Comme si, de toute façon... j'étais née trop tard.

– Trop tard pour quoi?

– Oh, trop tard pour que... Pour que quelqu'un comme vous, que vous ne sachiez pas... Non, trop tard plutôt pour... Mais non, mais c'est bête je vous dis, ça ne tient pas debout!

– On-s'en-fiche.

– C'est une chose, et puis c'est une autre...

– Commence par une.

– Bon, c'est trop tard, par exemple, pour que vous vous demandiez, par exemple, ce qu'est une femme, comment une femme est faite...

– Tu aurais voulu être la première?

– ... première... première du mooonde...! La... première...

Elle éclate en pleurs!

❯ du moonde la... première du... monde ah la la la première... du monde ouiii la... la première la la lala... la première du...! Du moonde...!!

Les sanglots parlés installent dans la haute salle comme une sonorité de galop en rond, de galop d'animal au travail.

Elle souffle.
Trouve le repos.

— Vous êtes fragile.
— Je suis fatiguée.
— Dormez un peu. J'attendrai.
— Plutôt crever.
— Comme vous voudrez.
— Je veux qu'on continue.
— Je prendrai soin de vous.

— J'ai envie de vous taper. J'ai une envie de vous taper. Vous n'imaginez pas. Je sens tous les nerfs de mes bras qui tirent, là, partout, qui tirent...
— Que puis-je faire?
Elle est prise d'un long bâillement.
— ... vous rouler en boule, peut-être!
— Je peux y consentir, je peux y consentir, je sais que c'est très douloureux ce qui vous arrive. Seulement...

— Seulement...?

— Moi-même, je suis assez ému et...

Un bâillement la requiert.

— Ooh, mais qu'est-ce que j'ai à bâiller comme ça !

— Ce sont toutes ces choses difficiles que je vous demande... qui jouent sur le sympathique.

Voilà qu'elle rit.

> J'aime votre rire.

— Et si c'était vous qui me tapiez ? Ah oui, voilà ce qu'il me faut. Tapez-moi. Tapez-moi, ça me détendra, ça me fera du bien.

Des jambes, déjà, elle repousse la masse de l'édredon.

— Quel âge avez-vous ?

Un nouveau bâillement la soulève, elle est un moment sans pouvoir répondre.

— ... Dix-sept !

— Qui est responsable de vous ?

— Vous.

— Restez sérieuse.

— C'est vous, je vous promets, je n'ai plus personne.

— Non, il y a votre sœur ou votre...

— Oh, j'ai un peu menti tout à l'heure.

— Quoi, vous n'avez pas de sœur ?

192

— On n'est pas du même sang, elle et moi, de toute façon... En plus, elle a épousé un Américain, elle vit là-bas.
— Ne me dites pas que vous êtes seule...
— Non, dans un foyer. Un foyer d'étudiantes. Je suis en C.P.
— Alors le coup de fil de vingt heures...?
— J'avais peur de vous.
— Plus maintenant?
— Maintenant... Maintenant, non, maintenant, j'aurais plutôt peur de moi.

Elle se rapproche.
» Vous avez déjà connu des femmes bizarres?
— Tu veux dire?
— Avec des bizarreries.
— Tout est bizarre au royaume du sexe... C'est d'ailleurs parce qu'on ne comprend pas qu'on recommence.
— Tout le monde ne devrait pas pouvoir y avoir accès, je trouve.
— Que veux-tu dire?

— On crie, c'est vrai?
— Autrefois, les femmes pleuraient, après.
— Plus maintenant?

– Non.
– Comment ça se fait, vous croyez?
– Je n'ai pas d'explication. Je le constate.
– Vous aimiez bien qu'elles pleurent?
– C'est surtout que je ne comprends pas qu'elles en réchappent.
– Pourquoi?
– Le danger encouru, chaque fois...
– C'est d'y être allé qui fait pleurer?
– Non. D'en revenir.

– Mais quand vous dites " autrefois ", c'était quand?
– Des dimanches entiers.
– Oui, mais quand?
– Quand j'étais étudiant.

– Ma mère quand elle m'en avait parlé, pour elle, m'avait dit que l'impression durait... un mois, presque un mois...
– Tu dois confondre.
– J'en suis sûre. Je revois sa bouche dire ce mot " mois ", " un mois ".
– De quand date cette conversation?
– Après mon père, mais avant mon beau-père... Je devais avoir cinq, six ans...

194

— Je te dis que ça dure moins.
— Combien, alors?
— Ce n'est pas mesurable.
— Mais combien, à peu près?
— Trente, quarante secondes.
— On ne parle pas de la même chose!
— Sûrement pas.

— Et que c'était comme si du soleil entrait?
— Où?
— Là.
— Ça, c'est possible.

— Et qu'on est très beau, après, qu'on a une grâce spéciale?
— Non, ça, c'est de la poésie.

— Mais vers quel âge, à peu près, vient le sentiment d'être plus... complet, plus...
— Tu seras morte avant.

25

— Monsieur?

— Oui.

— Pourquoi est-ce que dans " Frère petit-jour ",
l'homme l'embrasse sur la bouche les yeux
ouverts?

— Elle aussi.

— Oui, mais pourquoi?

— Ça t'a marquée?

— J'y pense tout le temps...

➤ Je peux vous poser une question?

— Tu n'arrêtes pas.

— La mère de la petite fille, vous la voyez toujours?

— Elle est morte.

— Vous êtes allé à l'enterrement?

— J'étais en tournage.

— Il y a des avions.

— Nous étions fâchés depuis des années.

— Qu'est-ce qu'elle avait fait?

— C'est elle qui était fâchée.

— Et la petite fille?

— Perdue de vue.

— Depuis combien de temps?

— Comme la mère.

— Mais pourquoi?

— On craignait pour sa vie, soi-disant.

— Qu'est-ce qu'on craignait?

— Mon caractère.

— Alors, quand vous la décrivez dans son lit, avec sa grosse natte...?

— Elle avait cinq ans, oui. C'est la dernière image que j'ai d'elle.

— Et quand vous dites que les oiseaux, derrière les volets...?

— Ce sont de vieux oiseaux, oui.

— Et la maman du petit garçon?

— Quoi, la maman du petit garçon.

— Vous dormez avec elle?

— Non.

— Mais vous dormirez avec elle encore?

— Non, je ne crois pas.
— Vous dormez avec qui, alors?
— Je ne dors plus.

— ... y en a d'autres?
— Tu commences à me fatiguer.
— D'autres enfants.
— Je n'en sais rien. Non.
— Et d'autres femmes?
— ...
— Il y a d'autres femmes?
— Comme dans ton rêve.
— Elles n'existent pas, vous êtes tout seul?
— C'est ton rêve qui existe.

— Où.
— ...
— Où?
— Dans quelques appartements, à Paris.
— Des appartements... où vous allez?
— En ce moment, oui.
— Mais votre mère le sait?!
  Rires.
» Non, je veux dire... votre... Enfin, bon. Mais pourquoi vous allez là, vous?
— J'y vais, c'est tout.

— Vous savez pourquoi vous y allez, quand
même, vous pouvez me le dire!
— Je sais que j'y retourne, c'est tout.

— Et si quelqu'un vous reconnaît?
— C'est donc qu'il y est aussi.
— Mais lui, il connaît votre nom...
— Bon, et moi, je connais son derrière... Et
après?

— Mais on a le droit, si on veut, de rester seul?
— Tu seras plus tranquille chez toi.
— Non, mais un moment... Pour regarder
autour de soi.
— Moi, je préfère fermer les yeux.
— Ah bon, pourquoi?
— Pour le son.

— Vous connaissez Jérôme Bosch?
Rires.
❯ Moi, j'imagine que c'est comme ça... comme
dans Jérôme Bosch.
— Je ne me moque pas de toi, ne crois pas. Au
contraire.

200

— C'est là, non? qu'on s'embrasse les yeux ouverts?

— ...

— Qu'est-ce qu'on se dit, au début, pour commencer?

— " Bonsoir ", comme dans cette vie.

-- Et si vous tombez sur des... des images déplaisantes, qui vous déplaisent?

— Ça n'arrive pas.

— Enfin, on conserve son sens critique, j'espère, si on n'a plus ses habits!

— Non seulement le sens critique, comme vous dites, en prend un coup, mais on se sent humble, vraiment humble... Moi, c'est là. C'est là que j'ai vu les expressions les plus extrêmes, les plus belles. C'est là que j'ai entendu des sons, des sons, vous ne soupçonnez pas. Qui cavalent dans l'atmosphère comme retenus depuis le fond des temps. On envie, on respecte ceux qui les produisent. Le secret du monde y grelotte. C'est un son tant vivant que vous ne le ferez jamais entendre dans une salle de cinéma, mais seulement son simili. Il y a, de cette qualité sous le ciel, il y a certains pleurs ou cris d'enfant qui vous coupent en deux comme ça, en pleine rue parfois et on s'arrête et on lève la tête, et il y a ces sons-là. Il faut, au cours de la vie, des salles comme celle où on a pris le droit, en arrivant au monde, de pousser des cris, des salles pour en pousser d'autres, encore et encore, l'intuition de départ est la bonne on manque d'air ici! Mais les cris qu'on pousse nous survivent, j'en suis persuadé. Sous quelque forme qu'ils aient été formulés, du moment qu'on a pris la peine, fait l'effort de les pousser. C'est un effort. On voudra vous faire croire que c'est du laisser-aller. C'est un effort. C'est un effort, mais c'est un devoir. Dites-vous bien que tout doit sortir. Il faut, il faudra tout donner. Alors, déposez! Déposez. Déposez, faites cet effort. Et soyez plutôt bien un peu étonnée que la tendance naturelle de chacun soit toujours tellement de vouloir garder, garder, garder quoi, Seigneur, quand déjà, n'est-ce pas, déjà en principe, notre corps même n'est pas à nous...

— Mais, entre deux bras, quand même, deux bras qui vous aimeraient, ce ne serait pas mieux?
— Pardon!
— Pourquoi?
— ...
— Pourquoi vous dites ça? Mais pourquoi vous dites ça? Mais pourquoi vous dites " pardon ", comme ça, brusquement?

— Je parlais solitude... Et tu me réponds amour. C'est normal. Tout ce qu'il y a de plus normal.

— Non, mais je comprends, je comprends ce que vous dites!

— Mais non. Tu me juges.

— Non, je ne vous juge pas!

— Mais bien sûr, tu me juges.

— Je ne vous juge pas!

— Tu me juges et c'est normal.

— Mais non, je ne vous juge pas!

— Si. Si, tu me juges.

— Eh bien, oui! Oui, je vous juge!!

26

Une couleur sale traîne dans la pièce. Le ciel est en désordre, la lune évanouie. Plusieurs mois de pluies, d'aubes, de fumées noircies s'agrippent aux vitres cathédrale.

— Moi, je me garde. Je me garde encore un peu. Je préfère.

— ...

— J'en ai parlé à... C'est un homme très près de Dieu, mais très réaliste aussi, il ne m'a pas trouvée ridicule.

— ...

— Je ne sais pas. C'est une force, aussi, je crois.

— ...

— Moi, c'est justement d'avoir cru un moment que ça y était, que c'était fini, qui m'a fait prendre conscience, finalement, à quel point j'y tenais encore...

— ...

— Parce que moi, j'ai eu cette chance. Je suis une des très très très rares filles ou peut-être même la seule, je me dis, à avoir eu cette chance justement de faire l'amour, c'est quand même un avantage, je ne me sens pas en retard ni rien, et d'être quand même encore vierge.

— Qu'est-ce que tu racontes?

— J'attends encore un peu et je demanderai confirmation, mais j'en suis presque sûre.

— Mais confirmation de quoi?

— Je pense que ça s'est reformé.

— Que ça s'est reformé??

— Je le pense, oui. Il y a toutes les chances, parce que je n'ai pas saigné, pas une goutte, or il me jure qu'il est entré jusqu'au fond. Donc je pense que, comme ça a été juste une fois et que, du moment où il a réalisé qu'il était au bout, il a tout de suite arrêté pour me le dire, je pense qu'en définitive ça devait être seulement distendu, mais qu'il n'a pas traversé, je ne crois pas, je ne pense pas. Je le saurai bientôt, de toute façon.

— Quand?

— Bientôt, un peu plus tard.

— Mais qu'est-ce que tu attends?

206

— Que ce soit vraiment solide, qu'il n'y ait pas de doute.

— Quand était-ce?

— Le 4 décembre 1990. A vingt-trois heures quinze.

— Et si tu apprenais, néanmoins, que l'événement a eu lieu?

— Normalement, non, ça ne devrait pas, non...

— Oui, mais si, toutefois...

— Alors là, je ne sais pas... Tous les soirs avant de dormir, je dis " Faites, mon Dieu, faites que je ne l'aie pas fait ". C'est tout ce que je peux faire, maintenant.

— Et le garçon?

— Quel garçon... Ah, Angelo?

— Il est italien?

— D'origine.

— Tu ne l'aimes pas, pour dire ce que tu dis.

— C'est-à-dire que, maintenant, je le vois d'un autre œil un peu. Lui et moi, on n'arrive pas vraiment à s'en remettre, en réalité.

— Tu ne le vois plus?

— Maintenant, je préfère penser à lui que le voir. Il ne faut pas que je le voie, sinon je ne l'aime plus.

— ...

207

— C'est comme pour mon poisson, c'est drôle.
Le jour, il me dégoûte un peu...

— Qui?

— Mon poisson. Le jour, je trouve qu'il sent
mauvais, qu'il est nul, sans intérêt, mais la nuit
je l'entends quelquefois, tout seul dans son
bocal, il fait comme des bruits de baisers, je ne
sais pas ce qu'il fait, il fait claquer sa petite
bouche à la surface dans le noir, comme ça,
tout seul, alors je revois son petit œil rond,
quand même, qui cherche à me voir quand je
lui balance ses copeaux, il nage vers moi dès
que je m'approche et moi, je lui parle même
pas, je le regarde même pas... Et ça, la nuit,
quand je l'entends s'amuser tout seul comme ça
en actionnant sa petite bouche, content quand
même alors que je l'aime pas, ça me fait une
peine, j'en pleure tellement il m'émeut... Cette
gentillesse qu'il a, et tout, cette petite vie qui
m'attend, qui peut rien, et tout... Et le lende-
main, voilà. Suffit qu'il fasse jour, je m'en fous.
Et je...

Elle n'a pas fait un geste, pas eu un mouvement. Les lèvres sont molles, petites. Elle se les
laisse malmener, bouche fermée... L'instant de
la relevée au contraire la voit s'agiter. Elle
redresse le cou.

> Ça ne va pas...?
- Très bien, si.
- Mais vous ne m'embrassez plus?
- Ne va pas prendre ça pour un baiser, surtout. J'en serais navré.
- Ce n'en était pas un?
- Pas du tout.
- Ben, qu'est-ce que c'était?
- Comme une impatience, je ne sais pas, comme j'aurais eu une impatience à la jambe, tu n'en as jamais eu... Non, je pensais à autre chose, je voulais te poser une question.
- Ah...
- Oui, tu me parlais de ton poisson, mais... c'est dans ton foyer d'étudiantes que tu peux loger tout ce monde-là?
- Vous voulez dire Angelo?
- Non, tes animaux, le poisson, le chien...
- ...
- Eh bien?
- Je vous ai un petit peu menti.
- Encore!
- Non, mais je vous l'avais dit tout à l'heure.
- Tu me l'as dit pour ta sœur, mais qu'est-ce que c'est, cette fois : tu n'es pas dans un foyer?
- Si. C'est le chien que je n'ai pas.

209

— Tu n'as pas de chien!

— Non.

— Tu-n'as-pas-de-chien?!

— Non. Et pas de voiture, non plus.

— Pas non plus de... Mais pourquoi?

— On n'a pas le droit, à dix-sept ans.

— Non, mais pourquoi ces inventions?!

— Pourquoi, vous vouliez vous servir du chien, aussi?

— Qu'y a-t-il de vrai, dans tout ce que tu m'as dit?

— Je n'ai pas dit grand-chose...

— Tu trembles? Qu'est-ce qu'il y a?

— J'ai le cœur qui bat!

— Et le mien donc, qu'est-ce que tu crois!

— Vous m'avez énervée.

— Et qu'est-ce que tu fais, à gesticuler comme ça?

— J'en ai marre, je me mets nue.

27

Le bruissement des habits ne s'est pas plutôt
apaisé que les rampes de projecteurs s'illu-
minent.

— Non!!

— Nous avons bien travaillé, mademoiselle. Il
est temps de jouer.

— Jouer?

— Il y a une expression, n'est-ce pas, dans le
métier du théâtre, qui indique bien ce que nous
venons de faire, même si cette fois nous avons
dû nous contenter d'un matelas, peu importe,
on dit : " travailler sur table ". Sur table, par
opposition à sur scène, on défriche, on débrous-
saille, on fait un travail d'approche du personnage, un travail de familiarisation, mais ce premier travail, s'il ouvre le mental, a le défaut
inverse d'enfoncer le corps un peu plus dans ses

inhibitions premières. Ces inhibitions, mademoiselle, sont avant tout confortables. Nous
avons tous des inhibitions, mais nous ne vou-
lons pas tous, heureusement, être acteurs, et
souvent parce que la rupture avec ce confort
primordial paraîtrait à certains plus insurmon-
table que l'exercice solitaire le plus périlleux.
Moi, j'appelle cela " la peur de passer au
tableau ". Vous êtes assise, vous savez votre
leçon sur le bout du doigt. Vous devez vous
lever, aller la réciter haut face à la classe, vous
ne la savez pas. Qu'est-il arrivé dans l'intervalle? Rien, n'est-ce pas, rien que le déplace-
ment de votre corps et quelques regards posés
dessus. Ce phénomène dû au regard nous intéresse au premier chef. Car je prétends qu'assise,
mademoiselle, déjà vous ne la saviez pas... Mais
je vous attends. Il va faire vite bien chaud.
Vous ne devriez pas avoir froid. Vous pouvez
continuer à me parler de ce qui vous intéresse,
le son, pour l'instant, ne me gêne pas.
— Mais où êtes-vous, je ne...
— Derrière la caméra. Moi non plus, je ne vous
vois pas. Quand vous serez prête, je vous
demanderai de partir de la porte, comme si
vous veniez d'entrer, et de suivre le chemin
jusqu'à la chaise.

— Mais enfin, en classe, on n'y va pas nue, au tableau, je ne comprends pas.

— En classe, vous êtes planquée derrière un savoir appris par cœur.

— Mais, dans votre film, les jeunes filles...?

— ... devront aller plus nues que nues. Y êtes-vous?

— Bon, mais... si c'est de la fiction, il faut que je sache quels... Quels sont mes sentiments, à ce moment-là?

— Aucun sentiment! Aucun!

— Mais ne criez pas!

— Votre visage sera dans l'ombre, quasiment! Nous ne sommes pas éclairés pour cela!

— Et quand je serai à la chaise? Elle est éclairée pour l'interrogatoire, la chaise...

— Vous ferez demi-tour.

— Jusqu'à la porte?

— Jusqu'à la porte.

— Et là?

— Vous reviendrez.

— Jusqu'à la chaise?

— Oui.

— Et là?

— Vous vous assiérez. De cet instant, vous saurez qu'il n'y aura plus, dans mon viseur, que votre figure. Vous garderez le regard droit. Et vous direz ce que vous aviez dans la tête en prenant la décision que vous avez prise de vous mettre nue.

— Oh, je peux vous le dire tout de suite si...

— C'est la caméra que cela intéresse, pas moi.

— Mais vous m'en voulez?

— Je vous en remercie, au contraire, je n'y aurais pas songé tout seul.

— Ce n'était pas vraiment une décision, vous savez...

— En place, s'il vous plaît!

Le parquet accuse une petite course sur petons légers.

— Prête?

— ...

— Vas-y.

Le moteur tourne. Dans le viseur, sur la droite, des ombres bougent. Sur fond de porte, le grain de la lumière fourmille.

Le cadre est vide.

Les secondes passent.

Tout soupire.

» Tu as des femmes nues, qui ont l'air habillé... Tu as des femmes nues, qui se croient nues, mais ne le sont pas, le seront jamais... Tu as des femmes nues, qui sont nues, qui ne sont pas des femmes... Tu as des femmes nues, qui sont trop nues... Tu as des femmes nues, tu as pas vu qu'elles étaient nues... Et puis, parfois, un soir, il y a une femme, tout à coup. Tu peux à peine regarder... elle est nue! ni trop, ni pas assez, juste nue... Nue comme le mot " nue " te laisse entendre qu'une femme peut l'être, nue en vrai, à donner peur, et l'art, vois-tu...

Un éclair de chair brusquement traverse l'écran, les bruits que font une chaise en tombant, puis une chaise qu'on ramasse et remet sur ses pieds passent dans la pièce.

Dans le silence, le visage, lentement, s'encadre dans le viseur.

Sous la chevelure scintillante de poussière, les traits sont tirés.

— J'ai entendu l'oiseau, j'ai pris peur...

— L'oiseau?

— Vous ne l'avez pas entendu?

— Non.

— Il ne l'a pas fait fort mais, à la sonorité, on aurait dit que le monde était vide!

— Il n'y a pas lieu d'avoir peur...

— Je sais. Mais je suis retombée sur terre.

215

— Quel jour sommes-nous, tu as des cours ce matin?

— Y a la messe, à la chapelle. On est dimanche.

— Tu veux y aller?

— Ce n'était pas votre première nuit, ici?

— Mais si, pourquoi?

— Vous connaissez l'oiseau.

— L'oiseau que tu as entendu? Oui, bien sûr!

— Vous avez déjà dormi ici, alors.

— Jamais de la vie!

— Vous saviez qu'il y avait un oiseau, vous m'en avez parlé tout à l'heure!

— Oui, naturellement, mais...

— Je vous demande comment vous saviez qu'il était là.

— Où que je sois en Europe, il est là.

— Il vous suit ou quoi?

— J'ai la faiblesse, certaines nuits, de le croire. Elle a un haussement de sourcils excédé.

— Moi, en tout cas, c'est la première fois que je l'entends.

— Parce que c'est la première fois que tu l'écoutes, sans doute.

— Et vous l'avez vu, déjà?

— Guère plus que tu ne m'as vu.

– Qu'est-ce que vous en savez.

– Tu me connais?

– J'ai des photos.

– Oui, des photos de presse.

– Non, des photos de vous. Sur la plage d'Ostie. Et puis devant le lac de...

La lumière des projecteurs claque, la grisaille fond sur le monde.

– Rhabillez-vous!

28

Elle s'enfuit.

Le petit chant de l'ombre, dehors, solitaire, interroge le ciel.

Au fond, là-bas, les étoffes entre elles chuchotent de toutes parts.

— Ça y est?

— Presque!

— En place!

— Où?

— Sur la chaise, où voulez-vous!

Elle court, essoufflée, son imperméable sur le bras, ses chaussures à la main, se jette sur le siège.

— Ça ne se passe pas comme je voulais! Je ne voulais pas que ça se passe comme ça!

— D'où viennent ces photos?

— Je veux qu'on reste comme ça, sans allumer!

— C'est ce qu'on fait. D'où viennent ces photos?

— Je veux que ça change rien à tout ce qu'on s'est dit!

— D'où viennent ces photos?

— Je veux qu'on reparte en arrière, Monsieur! Je ne veux pas que...

— D'où viennent ces photos!!

— Mais, pour parler, je veux qu'on se remette comme tout à l'heure, je veux qu'on retourne sur le matelas!

— D'où viennent ces photos.

— Ma mère a été... a été une de vos grandes admiratrices.

— Son nom.

— Lala.

— Lala... Lala Liguri?

— Oui.

— Tu es la fille de Lala Liguri?

— Oui.

— Mais alors, tu es... Tu es la petite Nina?

— C'est moi, oui.

— Tu t'appelles Nina?

— Nina Agnetta Liguri, oui, dite Ninetta.

— Que devient-elle?

— Qui?

— Lala!

— Je vous l'ai dit, elle n'est plus.

— C'est Lala qui est morte? Lala est morte... Mon Dieu! mais... Et comment est-ce arrivé?

— Elle est tombée.

— Comment, par terre, comme ça, d'un coup?

— Elle est tombée dans l'Arno.

— Lala est la meilleure nageuse que j'aie jamais rencontrée, qu'est-ce que tu racontes?

— C'est ce que tout le monde a dit.

— Quoi? Qu'est-ce qu'on a dit?

— Qu'elle était bonne nageuse.

— Alors quoi...?

— ...

— Il y a combien de temps, il y a longtemps?

— Deux ans.

— Elle travaillait?

— Elle a fait deux films encore, après le vôtre.

— Et ensuite?

— Ce n'était pas son métier, de toute façon.

— Elle avait du talent, Lala, beaucoup de talent...

— Ça sert à quoi, le talent?

— C'est donné. C'est donné.

221

— Bon, mais ça donne quoi, en PLUS, exactement?

— Ce sont des questions difficiles que tu poses.

— Vous devez bien le savoir, vous, puisqu'il est établi que vous en avez.

— Laisse-moi de côté.

— Non, écoutez, parce que moi, j'ai entendu ce mot-là toute mon enfance! Alors, voilà, il y avait des gens sur la terre, et sur la terre, il y avait deux sortes de gens, il y avait les gens qui avaient du talent et il y avait...

— Dans le cas de Lala...

— Non, mais laissez-moi finir, parce que maintenant, chaque fois que je rencontre quelqu'un qui a connu ma mère, j'entends dire " Elle avait du talent, Lala, elle avait du talent, Lala ", et vous venez de recommencer, alors moi je voudrais qu'on m'explique, si vraiment ma mère avait du talent, comment il se fait que...

— Tu m'as vu quand tu étais petite, tu te souviens de moi?

Elle lâche un long soupir.

— Un peu.

— Quelles images tu as gardées?

— Je me souviens d'un restaurant... avec du velours vert, des feuilles vertes et or au plafond, il y avait des poissons vivants phosphores-

cents... enfermés dans un mur, un mur entier,
vous ne vous souvenez pas?
— Non.
— Moi, je m'en souviens.
— Continue.
— Je me souviens de vous, chez nous, dans le
petit salon rose.
— Qui y avait-il?
— Vous et maman.
— Qu'est-ce qu'on foutait?
— Vous vous plaigniez à elle.
— D'elle?
— Non, vous vous plaigniez tout bas, de la vie
je crois, ça faisait " oua... oua... oua... et oua...
oua... oua " et à côté, de temps en temps, elle
disait, " mais non, mais non ".
— Où étais-tu, toi?
— J'aurais dû être endormie.

➤ Et vous, vous vous souvenez?
— Si je me souviens de Lala!
— De moi.
— Comment?
— De moi, est-ce que vous vous en souvenez,
de moi?
— Je me souviens que Lala avait une petite
fille, oui, qu'elle élevait seule, qu'elle aimait

223

beaucoup et pour laquelle, souvent, elle se faisait du souci...

— Mais vous ne vous souvenez pas de m'avoir
vue ?

— Non, pour être franc, non.

— C'était avec vous, le soleil, je le sais.

— Où ?

— Là...

— Tais-toi.

> On m'avait dit qu'elle avait quitté Florence,
Lala Liguri...

— Elle devait, oui. Elle voulait m'emme-
ner vivre à Paris. Mais elle a rencontré mon
beau-père, français aussi, elle s'est laissé con-
vaincre.

— En quelle année était-ce ?

— Sa mort ?

— Son mariage.

— La même année que vous et Lisbeth Fresnel.

— ...

— Je me souviens de vous sur le bateau, un
photographe vous avait débusqués, vous par-
tiez pour l'Angleterre et le journal disait que
Lisbeth Fresnel " ne souffrait pas " l'avion...

Cette expression "ne souffrait pas"... Ça m'avait frappée...

— ...

— Vous deviez être reçus par la Reine... Vous l'avez vue?

— ...

— Monsieur?

— ...

— La reine d'Angleterre, vous l'avez vue, finalement?

— ...

— Monsieur, vous m'entendez?

— ...

— Qu'est-ce que vous faites, mais répondez-moi, enfin!

— ...

— Je vous préviens, je me lève, je viens vous voir!

— ...

— Mais vous me faites peur, Monsieur, arrêtez, maintenant! Répondez! Répondez, si vous m'entendez!

— ...

— Je compte jusqu'à trois, je vais allumer. Un, deux...

— Il y avait un petit volet bleu chez Lala, un volet intérieur, petit à pleurer, laqué bleu,

bleu roi, avec un gros verrou, on ne voyait que lui sur le mur du Nord...

— Non, il y avait une petite vierge en plâtre, aussi, à droite...

— Lala prétendait que le froid entrait par cette ouverture, et le petit volet bleu était constamment fermé. Elle disposait souvent un bouquet de pivoines devant, comme pour empêcher d'y toucher...

— Mais non, mais parce que le rose vif sur le...

— Alors, que ce soit l'hiver ou l'été, elle devenait si violente chaque fois qu'on voulait le lui faire ouvrir que, pour certains d'entre nous, le petit volet bleu de Lala était devenu une véritable obsession. " Nous diras-tu un jour, enfin, ce qu'il y a derrière ? " suppliait-on. " Mais rien, chéri, quelques nuages, que veux-tu ? " disait-elle le jour. " Mais rien, chéri, quelques étoiles, que veux-tu ? " disait-elle la nuit. Et voilà. Et on ne le saura jamais.

— Moi, je le sais.

— Tu le sais, Nina ?! Tu peux me le dire ?

— ...

— Je t'en prie!
— Non. Maman ne serait pas contente.

➤ Monsieur?
— Oui.
— Qu'est-ce qui vous est arrivé, tout à l'heure?
Vous ne parliez plus.
— Je m'en suis aperçu. J'ai dû dormir quelques
instants.

29

— Le jour arrive, Monsieur... Que fait-on?
— Tu as dû étudier la Révolution française...
— Un peu, pourquoi?
— Telle personne, apprenait-on, s'est très mal comportée. Elle a hurlé sur la charrette sans discontinuer de la prison jusqu'à l'échafaud.
— Pourquoi me dites-vous ça?
— Nous ne sommes pas sur la même charrette. Et la mienne a de l'avance.
— Vous voulez dire...?
— Considère, c'est mieux, que je t'ai fait un signe de la main.
— Vous me renvoyez!
— Tu sais que le mot n'est pas juste. Tu trouveras celui qui convient, je ne m'inquiète pas.
— Mais je n'ai confiance en personne, dehors...

— Ah, pour Angelo, oui, si tu veux, laisse tomber.

— Et pour tout ce que j'étais prête à vous donner?

— Je suis un voleur, mademoiselle Nina, je n'aime pas les cadeaux, ils me tombent des mains. Va, allez va, maintenant! J'ai des fourmis dans les jambes.

— Et le film?

— Le film se fera. Le film se fera. Il se fera.

Elle bâille à pleine gorge, se penche, met ses chaussures en silence.

Elle se lève, son imperméable à la main.

— Monsieur?

— Oui.

— Vous ne voudriez pas prendre un café avec moi, juste un café?

— Non, Ninetta, merci. Jean-François va m'en apporter.

— Ici?

— Oui.

— Qui est Jean-François?

— C'est mon assistant.

230

— Mais vous saviez qu'il devait venir ce matin ?

— Oui.

— A quelle heure ? Vous ne devriez pas être ici, vous, normalement !

— Quelle heure est-il ?

Elle retrousse sa manche.

— J'ai huit heures vingt !

Elle agite le bracelet, le porte à l'oreille.

❯ Elle marche, c'est ça... Mais... j'entends des filles qui rient !!

— Ecoute, Nina...

— Mais vous allez dire quoi, Monsieur, si on vous trouve... Que vous êtes revenu ranger ?

— Que disait l'annonce, Nina ? Tu as lu l'annonce : " Les essais auront lieu samedi, de treize à dix-huit heures et... "

— ...

— Et " dimanche matin, de neuf à douze ". Alors !

— Ce sont les filles pour les essais qu'on entend... ?

— Sans doute !

— Là ? Celles qui arrivent, là, dans le couloir ?

— Carissima Nina ! Non fare la stupida ! Allez, sauve-toi !

— Ne me dites pas que vous allez enchaîner...

231

— Je ne dors jamais plus que ça. Je me sens très bien.

— ... après la nuit qu'on a passée...

— ...

— ... les secrets que vous m'avez confiés...

— Quels secrets? Eh bien, si je t'ai confié des secrets, ils sont à toi! Tu peux les emporter!

Elle retourne à la chaise.

❯ Quoi, qu'y a-t-il, où vas-tu?

— J'ai la tête qui tourne...

— A la brasserie en descendant, demande un lait sucré, ce n'est pas ta première nuit blanche, Nina Agnetta Liguri, je ne te croirais pas!

— Ça finit vers quelle heure, vers midi?

— ...

— Voilà, je serai à cette brasserie, Monsieur, je vais attendre là, quand vous aurez fini...

— Non! Non! Je n'aurai pas fini! Non! Je n'ai jamais fini! Non! Tu ne me fixes pas rendez-vous! Non! Non! Non!

— Vous allez bien manger quelque chose vers l'heure du déjeuner...

— Je ne suis pas libre à déjeuner!

— Alors, après le déjeuner, ça m'est égal...

— Après le déjeuner, je pars pour Berlin!

— Berlin... Quoi faire, à Berlin?

— De grâce, Ninetta. De grâce! Sois belle
joueuse, fous le camp!
— Mais qu'est-ce qui ne va plus, Monsieur,
tout à coup, dites-le-moi!
— ...
— Mais si je n'avais pas été la fille de Lala
Liguri! Si je n'avais pas été sa fille! Si je ne vous
l'avais pas dit! Si je vous avais...

L'éblouissement des rampes la coupe, assise
tout en bord de chaise, elle plie la nuque.

La ceinture de l'imperméable traîne par
terre.

De l'autre côté de la porte, talons et talon-
nettes sans arrêt pressent le plancher. On
s'aligne le long du couloir dans l'ordre d'arrivée.

— Veuillez laisser la place, mademoiselle, s'il
vous plaît.

Elle croise les bras, l'imperméable glisse à ses
pieds. Jambe gauche, les mailles du bas ont
filé, le détricotement minuscule vibre dans la
lumière.

— Je ne bouge pas d'ici. Je ne suis pas prête.
— ...
— Qu'est-ce que vous voulez que je foute dans
la rue, un dimanche, à huit heures et demie du
matin...

— Que vous faut-il?

— Je ne sais pas...!

Les larmes roulent.

➤ Rester pas loin, peut-être... Le temps de m'habituer...

— Tu veux t'asseoir un moment dans le couloir, avec les filles?

— Ouiii... Je veux bien!

— O.K.

Elle ramasse l'imperméable, s'essuie les joues, se lève sans un regard.

Elle arrache la ceinture en marchant, s'éloigne vers la porte.

Elle ouvre la porte, les voix s'interrompent, il y a comme une interrogation du temps, Nina sort, une fille mèches d'or, petites lèvres bonbon, manteau d'apôtre jusqu'aux chevilles s'encadre dans l'embrasure.

— Je peux venir?

— Vous êtes la première?

— Oui, Monsieur.

— Je suis tout seul encore... Mais ça ne fait rien, entrez vite, fermez la porte!

Cet ouvrage a été réalisé par la
SOCIÉTÉ NOUVELLE FIRMIN-DIDOT
Mesnil-sur-l'Estrée
pour le compte des Éditions Grasset
en mars 1991

Imprimé en France
Dépôt légal : avril 1991
N° d'édition : 8458 – N° d'impression : 16845
ISBN : 2-246-43551-X